怜悧な警視正は蕩けるほどの溺愛を婚約者に注ぐ

～ふたりで姉の忘れ形見を育てます～

m a r m a l a d e b u n k o

橘 柚葉

マーマレード文庫

目次

怜悧な警視正は蕩けるほどの溺愛を婚約者に注ぐ
～ふたりで姉の忘れ形見を育てます～

怜悧な警視正は蕩けるほどの溺愛を婚約者に注ぐ

～ふたりで姉の忘れ形見を育てます～

1

「お願いです、千依《ちよ》さーん」

「……」

「今度、アフタヌーンティーごちそうしますから」

「……」

「ね？　ね？　お願いですよ、千依さん」

大型連休が過ぎて初夏へ向かう今、太陽の光がキラキラと眩しく感じる。そよぐ風も、夏めいてきているようだ。

現在、金曜日のランチタイム。爽やかな風に誘われて、会社のあるオフィスビル付近の公園へやってきている。

安島《あじま》千依、二十七歳はごく普通のＯＬだ。

身長は低くもなく、高くもなく。標準的で、スレンダーな体型。

背中まであるオリーブブラウンにカラーリングしている髪は緩くウェーブがかかっていて、仕事中はいつも一つに結わえている。

どちらかというとクール系な顔立ちで色白なため、ピンク色の唇は特に目立つらしい。

ここに来る途中にあるキッチンカーでピタパンのランチボックスを買い、公園のベンチに腰掛けて昼食を食べているところだ。

目の前には同じ課の後輩である、正之村好美《しょうのむらこのみ》がこちらに向かって手を合わせている。いや、拝《おが》んでいると言った方が正しいだろうか。

先程、好美のスマホに一通のメールが届いた。

送信者は、彼女の祖父。内容は、『今夜、池波《いけなみ》のところの孫と食事をしてやって欲しい』というものだった。

好美の祖父はなかなかお茶目な人物のようで、文面の最後は『あの男はイケメンだぞ～』と締めくくられていた。

池波という男性が好美に相談があると言っているらしいのだけれど、好美は「断じて違う！」と鼻息荒く言う。

正之村家と池波家は元々面識があるようで、好美も相手の男性のことをよく知っているらしい。

だからこそ断言できるという。彼が好美に相談なんてするはずがない、と。

正之村家は代々警察官を輩出している家らしく、好美にも警察官になって欲しいという祖父の期待は大きかったらしい。

しかし、その期待を裏切って、好美は食品雑貨を取り扱う会社に就職した。

それを彼女の祖父は残念がっているらしく、『好美が警察官になるのは諦めたが、お前の夫には警察官を勧めたい』と言うのが口癖のようだ。

彼女は反発をしていたのだけれど、祖父は強硬手段に出たらしい。

警察官だという池波と結婚して欲しくて、二人を引き合わせようとしたようだ。

好美はそのメールを見て慌《あわ》てて祖父に連絡を入れたのだけれど通話できず、何度電話をかけてもなしのつぶてだと言う。

仕方がなく兄たちへ連絡を入れたのだが、仕事中だったようで電話には出てもらえなかったようだ。

念のため、スマホの留守電にSOSのメッセージを入れておいたようだが、今もまだ折り返しの連絡はないという。

ボイコットをしてしまいたいというのが、彼女の本音だ。

しかし、相手がどれほど嫌いな相手でも、ホテルのレストランで一人待ちぼうけをさせる訳にはいかないと心が揺れているという。

そこで好美は私に泣きついてきたというわけだ。

何も言わず静観していると、好美は大げさに肩を落とした。

「やっぱりダメですか……？」

小型犬が耳を伏せているみたいに、好美はしょげかえって私を見つめてくる。

目までウルウルとさせて縋《すが》るようにしてくるのは反則だ。

こんな表情を見たら、誰だって助けてあげたくなってしまう。だけど……。

盛大にため息をついたあと、手にしていたペットボトルをベンチに置いた。

「ダメに決まっているでしょう？　好美に来た話なのに、どうして私が代わりに行くことになるの？　押しつけられても困っちゃうわ」

「押しつけるつもりなんてないです！　千依さんがその相手に言ってくれませんか？　好美はここには来ません、結婚はするつもりないみたいですって。一生のお願いです！」

「だからね、好美。それは好美がその男性に直接言うべきだと思うよ？」

ランチボックスに入っていたピクルスをピックで刺して口の中に放り込む。

モグモグと口を動かしていると、好美は涙を滲《にじ》ませた目で懇願するように見つめてくる。

「だって顔を合わせたくないぐらい、大嫌いなんですっ！」

相手を思い出しているのだろう。

鳥肌が立ってきた！　と顔を真っ青にして腕をさすっている。

それほどまでに嫌いな相手というのは、一体どんな人物なのか。

話を聞くと、「とにかく性格が悪い、その一言に尽きる」と彼女は言う。

それも外面は大変よろしいらしく、好美に見せる顔と彼女の祖父などの目上の人に対して見せる顔では違うようだ。

うまく表と裏の顔を使い分けているらしく、好美の祖父は池波という男性を好青年だと思い込んでいるという。

「何でも自分が一番だと思って、人のことを見下してくるナルシストなんです。本当にイヤなヤツなんですよ！」

血走った目をした好美に食い気味で言われて、さすがに顔を引きつらせてしまった。

かわいい後輩が困っている。助けてあげたいとは思うのだけれど、もし見合いであるのならば家と家との繋《つな》がりなども関係してくる。

他人がしゃしゃり出るものではないだろう。

そう思って丁重にお断りをしていたのだけれど、さすがに可哀想になってきた。
好美には好きな男性がいることを知っている。会社の同僚に恋をしているのだ。
それなのに、家族に男性と二人きりで会うように言われてしまった。
それも断りづらい状況で、好美は苦しんでいる。
そんな姿を見ていたら、手を差し伸べたくなってきてしまった。
本当は赤の他人が出る幕ではないし、出るべきではないだろう。
好美の家族にも、そして相手の家族にも恨まれてしまうかもしれない。だけれど
……。
チラリと横に座る好美を見つめる。
すっかりしょげてしまっていて、肩を落としてジュースを飲んでいた。
その姿は頼りなさげで、哀愁が漂っている。
深く息を吐き出したあと、「いいよ」と好美に声をかけた。
「え?」
驚いてこちらを向いた彼女に、しょうがないなぁと笑って見せる。
「わかった。付き合ってあげる」
「ほ、本当ですか!?」

「ただし、私は横にいるだけ。好美が自分の口できちんとお断りすること。それが条件よ」

今まで半べそ状態の好美だったが、じわじわと笑顔が戻ってくる。

すると、彼女は勢いよく抱きついてきた。

「ちょ、ちょっと。好美！」

「ありがとう！　ありがとうございます、千依さん。一緒についてきてくれるだけで、断る勇気が出てきそうです」

ギュウギュウと力強く抱きつかれて、肩を竦《すく》める。

ポンポンと彼女の背中に優しく触れると、「千依さん、大好きです」とよりキツく抱きしめてきた。

「はいはい、わかったから。ほら、ご飯食べよう？　早くしないと食べ損ねちゃうわよ」

好美は悩みすぎていたからだろう。ランチボックスの中身にほとんど手をつけていなかった。

彼女を促すと、「はい、食べます。急に元気が出てきました」とニコニコ顔でピタパンを頬張り出す。

そんな様子を見て、苦笑しつつも安堵《あんど》の息を漏《も》らした。

仕事を終え、好美と一緒に目の前に聳《そび》え立つホテルを見上げる。

夜七時。決戦の場は、都内にあるホテルの最上階にあるフレンチレストランだ。

緊張して身体がガチガチになっている好美を促しながらエレベーターに乗り込み、最上階へと向かった。

店の入り口から、こっそりと店内を窺《うかが》う。

客席はすべて眺めがいい場所にあり、お互いのプライベートが保てる絶妙な距離にあるようだ。

その一番奥の席に、どうやら待ち合わせの相手がいるらしい。

好美はその男性の姿をいち早くキャッチし、慌てて私の背後に隠れる。

「千依さん。絶対に、絶対に私の側《そば》にいてくださいね」

「うん。だけど……すでに私は邪魔者扱いされていない？　ほら、私を防波堤にしないで」

池波は、好美の到着を今か今かと待っていたのだろう。

彼もまた好美の姿を素早く見つけ、こちらをジッと見つめてきている。

彼の表情はあまりよく見えないが、不穏な空気を纏《まと》っているように感じた。

どうして好美と一緒に部外者がいるのか。

そんなふうに訝《いぶか》しがっているのがヒシヒシと伝わってくる。

好美は本当に相手のことが好きではないのだろう。

私の背後から出てこようとはせず、背中を押してくる。

——私だって逃げ出したい……っ！

好美と共にレストラン内に入ると、スタッフがすぐに池波がいるテーブルまで案内してくれた。

ぐいぐいと好美に背中を押される形でその席へと近づくと、池波は不機嫌な様子を隠しもしなかった。

それもそうだろう。私というお邪魔虫がいるのだから。

顔を引きつらせつつ、背後にいる好美に声をかける。

「ほら、好美。私は側にいるから大丈夫よ」

「は、はい」

可哀想に。声が震えてしまっている。

だが、好美自身がきちんと相手に気持ちを伝えなければならないだろう。

ほら、勇気を出して。そう小声で言うと、好美はコクンと小さく頷《うなず》いた。

私の背後から抜け出し、彼女は池波に挨拶《あいさつ》をする。

「こんばんは、池波さん。遅れて申し訳ありません」

「ええ、五分の遅刻です。私は寛容だから許しますけれど、今後はこのようなことはないように」

その言葉を聞いて、眉間に力が入ってしまう。

確かに待ち合わせ時間に遅れたのだから、こちらが悪い。

だが、言い方というものがあるだろう。

上から目線の発言を聞き、不快な気持ちになる。

池波は好美を一瞥《いちべつ》したあと、今度は私に視線を向けてきた。

あからさまに蔑《さげす》んだ表情を浮かべてくる。

「で？　そちらの女性は？　どうして私たちの見合いに赤の他人がいるのですか？好美さん」

とげとげしい口調で言う池波に、好美は唇を震わせながらも頑張って返答した。

「私一人では勇気が出なかったので、ついてきてもらいました。職場の先輩で、私がとてもお世話になっている安島さんです」

池波の視線が痛いほど突き刺さってくる。しかし、それを無視して頭を下げた。

「安島です」

「安島さん。彼女をここまで連れてきてくださりありがとうございます。ですが、ここからは好美さんと二人きりで話したいのです。お引き取りいただけませんでしょうか？」

彼が話す言葉は丁寧である。しかし、口調がとても辛辣《しんらつ》だ。

何も言い出さないでいると、池波は盛大にため息をつく。

「好美さん。見合いという形を取りましたが、私たちの結婚はすでに確定路線で進んでおります。ですので、今からは式の日時や新居のこと、そして私の妻になる心得などをお話しさせていただく予定です。さすがに部外者の方に聞かせる内容ではないかと」

「確定って……！」

好美はそれ以上何も言えなかったようだ。

やはり好美の予想通り、この席は単なる食事の場ではなく見合いがセッティングされていたのだ。

それもすでに結婚確定で話が進んでいるなんて……。

唖然《あぜん》としたままの彼女に、池波は痛烈な口調で言う。

「こんな調子では、私の妻としての役目は果たせませんよ？　好美さん。さぁ、こちらに早く座りなさい」

池波は急に立ち上がると、好美の腕を強引に掴《つか》んで引っ張ろうとする。

声を出せないほど怯えている好美を見て、私は彼女の腕を掴んでいる池波の手を払いのけた。

「好美が嫌がっています。やめてください」

池波は目を見開いて驚いていたが、顔を歪《ゆが》めて烈火のごとく怒鳴りつけてくる。

「部外者は引っ込んでいろ！　これだから女はダメなんだ。俺の妻になる女はしっかりと躾《しつけ》をしなければ！」

その言葉を聞いて、カチンときてしまった。

確かに私は部外者だ。見合いの場に来るのは間違いだろう。

しかし、相手がこんな威圧的で女性を虐《しいた》げるような人物では、好美が怯えるのも当たり前だ。

キュッと唇を噛みしめたあと、一歩前に出て池波に対峙《たいじ》する。

「貴方は妻になる女性に躾が必要だと言いますが、私たち女性の立場からすれば貴方のような男性にも躾が必要だと思います。女性の気持ちを汲み取ろうとせず、自分の駒《こま》として扱おうとしている。そんな貴方では、妻になる女性が可哀想です！」

まさかこんなふうに反論されるとは思わなかったのだろう。

池波は唖然としたまま口をパクパクと動かすのみ。

こんな男性に好美をいいようにされたくはない。

彼女を振り返り「行くよ」と促す。

「私が好美のおじいさんに言ってあげる。かわいい孫娘に幸せになってもらいたいのならば、結婚相手の男性はしっかり調べてからにした方がいいって」

「千依さん！」

好美は目に涙を浮かべて、私のことを敬《うやま》うように見つめてくる。

そんな目で見てもらえるほど立派な人間ではないのにと苦笑したあと、踵《きびす》を返す。

しかしその直後、体勢が崩れてしまう。逆上した池波に肩を掴まれてしまったからだ。

――あ、倒れる……！

「千依さん！」

好美が私の名前を叫んだ。

彼女の声を聞きながら、倒れていく瞬間がスローモーションのように見える。

次にくる痛みに耐えようとすると、誰かが腕を掴んで引き上げてくれた。

驚いているうちに、その〝誰か〟の腕の中へと導かれる。

包み込まれるような優しい温かみ。微かに香る爽やかな香りはコロンだろうか。

ギュッと力強く抱きしめられ、心がホッとするような安堵感に包まれる。

池波から向けられていた鋭い視線から守られた。そんな安心感があった。

「大丈夫ですか？」

「あ、はい」

心配そうに顔を覗《のぞ》き込んでくる彼の目は、とても澄んでいて綺麗だった。

その中にも、どこか情熱的な熱さを秘めているように感じる。

目が離せない。心音があり得ないほど高鳴っているのがわかった。

顔が異常に熱を持ち始めているのを感じる。

私を池波から助けてくれたのは、精悍《せいかん》な男性だった。

スーツ姿のその人は、ガッシリとした体躯で背が高い。

雄々しくクールな感じで、顔の造りは整っている。切れ長な目が、とても印象的な人だ。

短く切りそろえられた清潔感漂う黒い髪がよく似合っていて、とても格好いい。

そんな男性に顔を深く覗き込まれ、ビックリしすぎて気の抜けた声を出してしまう。

すると、彼は目元を和《やわ》らげた。クールだと思っていたのに、笑うとかわいらしくなる。

そのギャップに胸がドキッとしてしまった。

もっと彼の素顔を見てみたい。今が緊急事態だということも忘れて、そんなことを思う。

ほうけていた私を正気に戻したのは、好美の声だった。

「櫂《かい》お兄ちゃん！」

彼女が驚いた声を上げるのを聞き、どうやらこの男性は、彼女の兄だということを知る。

好美の兄、櫂は私が一人で立てることを確認したあと、池波を静かに見つめる。

その横顔が怒りに満ちていて、思わず息を呑んでしまった。

周りの空気が一瞬にして、ピリッとした緊張に変わる。

櫂が纏う空気を感じ取ったのは、彼と対峙している池波も同じだったようだ。

怯んでいる様子が伝わってくる。

「池波、お前のじいさんをどんなふうに誑《たら》し込んだのか知らないが……。自分の出世のために好美との縁談を無理矢理組んで利用しようとしたこと。好美のために付き添ってくれたこの女性に暴言を吐いて手を出そうとしたことも絶対に許せない」

「ま、待ってくれ、正之村。違うんだ」

「何が違うと言うのか？　俺はこの女性に危害を加えようとしていたところを目撃している。警察官として恥ずかしくはないのか！」

ギロリとより彼の視線が鋭くなる。池波はそれを見て、「ヒィッ」と情けない声を出した。

「この縁談はなかったことに。お前のじいさんには俺から言っておく。近々酒を酌《く》み交わす約束をしているからな」

「正之村、待ってくれ。このことをじいさんの耳に入れないでくれ」

擢を見て、池波は拝み倒すように両手を顔の前で合わせた。

そんな池波を、擢は冷徹な表情で睨み付ける。すると、ますます池波は怯み上がった。

「これだけで済ませてやると言っているんだ。早く立ち去らなければ、どうなるかはわかるな？」

冷酷な声で言うと、池波は顔を真っ赤にさせて逃げるようにして去った。

その様子を見届けると、櫂は店員に頭を下げる。

幸いこの席の周りに客は誰もいなかったが、店に迷惑をかけたことを謝罪した。

私も好美と一緒に彼に倣《なら》って頭を下げたあと、彼の後に続いて店を出る。

すると、彼はすぐさま私に向かって深々と頭を下げてきた。

「好美の兄、正之村櫂です。このたびは、本当に申し訳なかった。貴女を危険に晒《さら》してしまった……」

後悔が滲むような声で言われ、慌ててしまう。

大丈夫ですから、と言うのだけれど、櫂は一向に頭を上げてくれない。

挙げ句、好美まで頭を下げ始め、ますます困ってしまう。

お願いですから、頭を上げて！　と戸惑いながら懇願すると、ようやく正之村兄妹は頭を上げてくれた。

ホッと胸を撫で下ろしていると、好美が涙目で抱きついてくる。

「千依さん、本当にごめんなさい。私が無理強いをしたばかりに……」

今にも泣き出しそうな好美を宥《なだ》めながら、彼女の兄である櫂に目を向けた。

彼はこちらの視線に気がついたのか、声をかけてくる。

「千依さん、お時間はありますか？」

「は、はい。大丈夫です」

声が裏返ってしまった。

名前で呼ばれて、ドキッとしてしまったからだ。

彼は私の名字を知らないから名前で呼んだだけ。

それなのに一人で慌てていることに気がつき、顔が熱くなってくる。

私に抱きついたままの好美を促してホテルを出ると、近くにあるカフェへと移動した。

夜ご飯がまだだったので、このカフェで食べることに。

各々が料理を注文したあと、好美が切り出した。

「櫂お兄ちゃん、助けに来てくれてありがとう」

「ああ。留守電を聞いたときは、肝が冷えたぞ」

どうやら昼間に好美が入れていた留守電を聞き、焦ってこのホテルにやって来たらしい。

水が入ったグラスを持って一口飲んだあと、彼は淡々とした口調で言う。

「池波の名前を聞いて、慌てて飛び出してきたんだ。じいさんたちは知らないが、池波はお前の天敵だろう？」

「櫂お兄ちゃん」

「うちのじいさんが親友である池波のじいさんとこと縁を結びたかったというのもあるだろうけど。よりによってあのボンボンを選ぶあたり、耄碌《もうろく》し始めたか？」

なかなかに辛辣だ。

言葉の端々に、苛立ちが込められているのがわかる。

それだけ今回のことに腹を立て、妹である好美の身を案じているということなのだろう。

好美は櫂を見て、肩をガックリと落とす。

「じいちゃん、私を警察官と結婚させたがっていたのは知っているけれど、まさか無理矢理池波さんと二人きりで会わせようとするなんて……。でも、今回のことを言えばさすがに諦めてくれるかな？」

「諦めさせる。心配するな」

妹である好美がピンチに陥ったのは、自分の願いを押しつけようとした彼らの祖父のせい。

身内だからこそ、余計に腹が立っているのだろう。

妹想いの優しい人だ。二人のやりとりをほほ笑ましく見つめていると、櫂と視線が合う。

ドキッと胸を高鳴らせていると、彼は好美をつついた。

「ところで、好美。お前の恩人を紹介してもらえないか？」

櫂が言うと、好美は手を叩いて「そうだった」と笑顔になる。

「千依さん、うちの兄を紹介させてください。正之村家、次男の櫂です。うちは三兄妹なんですよ。そして、私以外みーんな警察関係者です」

先程の池波も警察官であるとは聞いていたが、どうやら櫂の同期になるらしい。

だが、池波はああいった性格なので、櫂とは昔からそりが合わないようだ。

それも仕方がないかも、と先程の池波の言動を思い浮かべていると、好美は櫂に私の紹介をする。

「櫂お兄ちゃん。こちらは、安島千依さん。会社の先輩で、めちゃくちゃ優しくて格好いい素敵な先輩だよ。こんな私の我が儘を聞いてくれる、女神さまみたいな人！」

「ちょ、ちょっと……好美」

なんだかものすごく褒められていないだろうか。

居心地が悪くて好美を止めようとしたのだけれど、彼女の口は止まらない。

「社内外問わずかなりモテるのに、なかなか彼氏を作らない。男性社員たちは、千依さんのことを高嶺の花だって言っているの。でもね、高飛車《たかびしゃ》な感じなんて皆無なのよ！　誰にでも優しくて、だから勘違いしちゃう男性がゴロゴロ——」

「ストップ！」

居たたまれなくなり、好美の口を手で塞いだ。

だが、彼女はまだ言い足りないのか。モゴモゴと口を動かしながら未《いま》だに何かを言っている。

ようやく落ち着きを取り戻した好美の口から手を外す。

「勘弁して、好美。恥ずかしい……」

好美が慕ってくれているのは知っている。

だけれど、彼女の家族の前で、こんなに褒められては困ってしまう。

顔が熱くなりながらも、目の前にいる櫂の様子をチラリと確認する。

だが、すぐに視線をそらしてしまった。あまりにも甘い笑みで私を見ていたからだ。

顔が熱い。どうしたらいいのかわからず、咄嗟《とっさ》に俯く。

すると、好美が嬉々《きき》とした声で言う。

「ね？　すごくかわいらしくて素敵な先輩でしょう？」

これ以上は勘弁だ。

逃げ出したくなる気持ちを抑えていると、ちょうど料理が運ばれてきた。これで好美の口が止まるだろう。助かった。

ホッと胸を撫で下ろしていると「千依さん」と櫂が声をかけてきた。

その声がとても魅力的で、ソッと顔を上げる。

視線が合うと、目元を緩ませてほほ笑んできた。その破壊力がすごくて、ドキドキしてしまう。

――格好いい……っ！

初対面の相手にこんなふうに心を奪われたことは、今までに一度もない。

だからこそ、どうしてこんなに胸が高鳴ってしまうのか。その理由を知りたくて必死になる。

「いつも妹がお世話になっています。好美はとても千依さんのことを慕っているようですが、ご迷惑をかけていませんか？　末っ子気質の甘えたなもので申し訳ない」

そう言うと、彼の隣に座っている好美が頬を膨らませた。

「櫂お兄ちゃん、酷い」

「本当のことだろう？　今回だって千依さんに見合いについてきてもらうなんて。あの感じでは、断りを入れて欲しいとか無茶振りをしたんじゃないか？」

櫂はギロリと鋭い眼光で好美を睨み付ける。

それを見ても好美は怯えることなく、ばつが悪そうに視線を泳がせるのみ。

彼女たちにとって、このやり取りは日常茶飯事なのだろう。

やっぱりほほ笑ましく見えるし、仲のいい兄妹という感じだ。

――なんか、いいな……。

私にも姉がいた。だが、一年前に事故で亡くなってしまっている。

父が早くに亡くなり、母は父と一緒に切り盛りしていた喫茶店を続けながら、私と姉を育ててくれた。

女手一つで娘二人を育ててくれた母の背中を見て、姉と一緒に母を助けていこうと力を合わせて生きてきた。しかし……。

ずっと三人一緒だと思っていたのに、思いがけず姉は急逝してしまった。

時々喧嘩もしたけれど、姉とは仲が良かったと思う。

姉は豪快で姉御肌《あねごはだ》な部分がありながらも、人の痛みにはいち早く気がつくような人だった。

私が何かに傷つき、思い悩んでいるとき。姉は一番に気づいて労《いたわ》ってくれる。そんな優しさに満ちた、自慢の姉だった。

姉が亡くなったのに、どこかその事実を受け入れられないでいるのだろう。

ふとしたときに今は亡き姉の姿を探してしまう自分がいた。

「千依さん？」

好美の声を聞き、ハッと我に返る。

心配そうに私を見つめる正之村兄妹に、慌ててほほ笑んだ。

「えっと、仲がいいなと思って」

「えへへ、うちのお兄ちゃんたち、二人とも優しいんですよ。見た目はこんなに冷徹な感じではあるんですけど」

そう言って好美は櫂の顔を指差す。

すると、彼は急にムッとして不機嫌な表情になった。

「大きなお世話だ。それより、好美。きちんと千依さんにお礼をしろよ」

「もっちろんだよ。今度アフタヌーンティーに行きましょう！　もちろん、私がおごらせていただきます」

グッと拳を握ってにっこりほほ笑む好美に、苦笑しながら首を横に振る。

「別にいいわよ、そんなの。おごらなくていいから、女子会しましょう」

そう言うと、好美は感激したように目をウルウルと潤ませ「千依さん、やっぱり優しい」と呟《つぶや》く。

相変わらずの好美を見て笑ったあと、彼女の隣に座っている櫂に視線を向ける。

すると、どうしてか櫂は眉間に皺を寄せて怪訝な表情を浮かべていた。

真逆な反応をしている二人を交互に見ていると、櫂は真剣な眼差しをこちらに向けてくる。

「千依さん」

「は、はい」

あまりに真摯《しんし》な眼差しを向けられてしまい、思わずぴょこんと身体が跳ねる。

櫂は緊張しているのか。表情が強ばっていて、なぜか私にもその緊張が移ってしまったように思える。

息を呑んで彼を見つめると、意を決した表情で櫂はお願いをしてきた。

「俺にお礼をさせてください」

「え？」

「妹の力になっていただき本当に助かったんです。是非、俺にお礼をさせてください」

まさか櫂にそんなふうに言われるとは思っておらず、驚いてしまう。

どうしたらいいのかわからず、好美に救いを求める。

だが、彼女はニンマリと笑っていて助けるつもりはなさそうだ。

その間にも、櫂はあれこれと提案をしてくる。

「千依さんは何が好きですか？　店をセッティングさせていただきます」

「え？　えっと？」

「それとも、どこか行きたい場所などありませんか？　どこでも構いませんよ。おっしゃってください」

どこか必死な様子の櫂だが、よほど先程のことを気にしているのだろう。

彼はとても妹想いのようだし、私に対して感謝しているのかもしれない。

そんなに気を遣わなくてもいいのに、と困惑しながら顔の前で両手を振る。

「お礼をしていただくようなことはしていませんから、気遣いはいりませんよ。私は好美が心配だったから来ただけですし」

遠慮すると、なぜだか目の前の櫂はしょんぼりと気落ちしているように見える。

見た目とのギャップがある人だな、かわいらしいな、そんなふうに思っていると、好美が盛大にため息をついて腰に手を当てる。

「櫂お兄ちゃん。私をダシにして千依さんを口説かないでよ。そりゃあ千依さんが素敵で恋してしまうのは仕方がないけどさぁ」

「好美！」

櫂の精悍な顔が一気に赤くなった。

好美を睨み付けてはいるけれど、迫力にかけている。

「私、ちょっとお手洗いに行ってくるね」

そう言って好美がニマニマと笑いながら席を立つと、バッグを持って化粧室へと向かっていく。

不思議に思いながら二人のやり取りを見ていたのだが、急に櫂が視線を向けてきた。

彼の目がとても情熱的で、そんな目で見つめられたら心臓が破裂しそうなほどドキドキしてしまう。

「スミマセン、千依さん。白状します。好美の言う通りです」

「え……？」

目を瞬かせて驚いていると、櫂は姿勢を正した。

「先程の貴女の立ち振る舞いを見て、もっと千依さんのことが知りたくなってしまった」

「耀さん？」

「お礼がしたいのはもちろんですが、俺は貴女を知る時間が欲しい。連絡先を教えてもらうことはできないだろうか？」

「えっと？」

何を言い出したのか。あまりの必死さに驚いてしまう。

目を見開いて硬直していると、彼は畳みかけてくる。

「好美が言う通り、貴女はきっとモテるだろう。当たり前だ。こんなに魅力的な人なのだから」

「ちょ、ちょっと待ってください」

居たたまれなくなって止めたのだけれど、彼の口は動きを止めなかった。

「だからこそ、躊躇《ちゅうちょ》していてはいけないと思った。手をこまねいていたら、すぐに貴女は他の男にかっ攫《さら》われてしまうだろうから」

一呼吸置いたあと、彼はますます真剣な眼差しを向けてくる。

「なりふり構ってなどいられない。いてはいけない。そう判断した。よかったら、俺に貴女を口説く時間をくれないだろうか」

実直で男らしい人だ。こんなふうに告白されたことなんて一度もない。

ストレートに愛をぶつけてくれる男性を、ずっと求め続けていたのかもしれない。

——だって、こんなにも嬉しい。

最初に彼を見たときに感じた、高鳴る鼓動。

あれはきっと彼のことをもっと知りたい。そんな気持ちがあったからなのだろう。

私を真摯な目で見つめてくる。そんな彼に、コクンと頷いていた。

「私も、もう少し櫂さんとお話ししてみたいです」

頭から湯気が出ていないだろうか。

そんなバカな心配をしてしまうほど、顔が熱い。

一方の櫂は最初こそ恥ずかしそうにしていたのに、凛々しい表情を浮かべて情熱的な目で見つめてくるなんて反則だ。

高鳴る鼓動が抑えられそうにもない。

彼と目が合うと、なんだかこそばゆい気持ちになる。

それは、櫂も同じことを思っていそうだ。

目を細め、幸せそうにほほ笑む彼を見ていたら、こちらまで嬉しくなってきてしまう。

「ありがとう、千依さん」

本当に反則だ。そんな素敵な笑顔を向けられたら、直視できなくなる。

彼と視線が絡み合う。どれぐらい見つめ合っていただろうか。恥ずかしくなってきて、慌てて視線を落とす。

すると、お互いのスマホから着信音が時間差で鳴る。

どちらもメッセージアプリの着信音のようだ。

二人きりの世界を作っていたことに気がつき、我に返ってお互いスマホを取り出す。

メッセージを確認すると、好美からだった。

『私の存在を忘れて、二人の世界に入らないでくださいよー！　お二人の邪魔になるといけないので、私は先に帰ります。うちのお兄ちゃん、すごくモテるんですけど、私が知っている限り自分から告白したのは初めてですよ。不器用だと思いますけど、うちのお兄ちゃんをよろしくお願いします』

そのあとすぐに『でも、私とも遊んでくださいね』というメッセージが届く。

チラリと櫂に視線を向けると、彼は手で口を隠して照れていた。

「好美のヤツ……」

彼の唸るような声が聞こえてくる。

彼もまた好美からメッセージが届き、揶揄《からか》われたのだろう。

フフッと思わず噴き出すと、彼はスマホから視線を上げる。

「好美からですか？」

「ええ」

「揶揄われませんでした？」

「……揶揄われました」

「好美がいることをすっかり忘れていませんでしたか？　俺は忘れていました」

きっぱりと言い切る彼を見て、アハハと声に出して笑ってしまった。

忘れていました、と白状すると、彼は目を見開いたあと嬉しそうに目を細める。

――あ、その仕草。好き……。

すっかり彼の魅力に嵌《は》まっている自分に気がつき、苦笑してしまう。

今までに恋愛をしたことがないとは言わないけれど、こんなふうに衝動的な恋をしたことがなくて自分でも驚く。

だけれど、それがなんだか嬉しい。

本能が彼を求めた。きっとそういうことなのだから。

理屈ではない。ただ、好き。その感情を大事にして、気持ちのままに恋をしてみたい。そんな気分だ。

「櫂さん。連絡先、教えていただけませんか?」

「もちろんです」

私はこの人を、きっとものすごく好きになる。

そんな予感めいた気持ちを抱きながら、アフタードリンクのコーヒーがすっかり冷めてしまうまで彼と話し込んだ。

2

八月下旬、午後。お盆は過ぎたが、ギラギラとした太陽の光が窓から差し込み残暑は厳しい。

クーラーの効いたリビングで、冷たい麦茶を飲んでいるところだ。

向かい側に座る私の姪、瑚々《ここ》が先程からずっとこちらを見つめている。

ぱっちりした目、艶やかな髪は母親譲りだろう。

二つに結わえた髪が、ユラユラと揺れる。

その視線が何かを探る探偵のようで、目を皿のようにして私を凝視し続けていた。

最初こそ無視をしていたのだけれど、あまりにジッと見つめてくるので居心地が悪くて仕方がない。

瑚々にチラリと視線を向けると、彼女は鼻の穴を膨らませている。

隠し事を見つけてやる。そんなやる気が感じられた。

ふぅ、と小さく息を吐き出したあと、瑚々に「どうしたの？」と聞く。

すると、待っていましたとばかりに目を輝かせた。

「千依ちゃん、なんか綺麗になったよね！」

「え？」

急にどうしたというのか。不思議に思って首を傾《かし》げていると、瑚々は身を乗り出してくる。

「今日のお洋服もすごくかわいいし、よく似合っているよ。千依ちゃん」

「そ、そう？」

自分の格好を見回してみる。先日、迷いに迷って買ったノースリーブのタイトなワンピースだ。

身体の線がくっきり出てしまうので、どうしようかかなり迷ったのだけれど、『絶対に櫂お兄ちゃん、千依さんにメロメロになっちゃいますよ！』という好美の後押しもあって買ったものだ。

ノースリーブで外に出るのはやっぱり勇気がいるので、この上にシアー素材のシャツを羽織る予定である。

照れながら麦茶を飲んでいると、瑚々の目がキラリンと光る。

「もしかして、彼氏できた？」

「ブッ！」

思わず噴き出しそうになってしまった
ゴホゴホとむせていると、瑚々はますます目を輝かせる。

「女の子は恋をすると輝くって言うもんねぇ。これから千依ちゃん、お出かけなんでしょう？　彼氏とデート？　いいなぁ～。私も彼氏欲しぃ～！」

ほぅと頬に手を当てて夢見がちに言う、保育園の年中児。おませな発言に苦笑する。
どこでそんなことを覚えてきたのか。
力なく笑いながら肯定も否定もしないでいると、瑚々はプクッと頬を膨らませた。

「そうやって、すぐにはぐらかす～。大人って都合が悪くなると、逃げるんだから」
「そ、そんなことないよぉ～？　あはは」

笑いながらも内心冷や汗タラタラだ。さすがは姉の子どもである。侮《あなど》れない。
確かに瑚々の言う通りだ。
私は今、恋をしている。それも、久しぶりの彼氏ができた。
相手は、正之村櫂。会社の後輩である好美の兄だ。
あの見合い阻止の一件で知り合い、頻繁に会うようになったのである。
最初からお互い好印象を持っていたので、交際に発展するのに時間はかからなかった。

出会ってひと月後には彼の方から正式に交際の申し込みがあり、現在はより愛を深めている真っ最中だ。

お付き合いは順調そのもので、彼に会うたびに好きという気持ちは大きくなっていく。

少しでも長く彼と一緒にいたい。そう願っている。

だからこそ、会えない日々が続くと寂しくて堪《たま》らなくなってしまう。

櫂は警視庁に勤務している。

好美の話を聞く限りでは、現在、警視正という役職で所謂《いわゆる》エリート街道を邁進《まいしん》中なんだとか。

そんな責任ある立場にいる人なので日々とても忙しい。

会う時間が限られているのが現状だ。

本当はもっと彼に会いたいし、声を聞きたい。

もっともっと彼と抱き合って蕩《とろ》け合いたいなんて思ってしまう。

そんな気持ちを伝えたくても、伝えられないジレンマに苦しんでいる。

でも、重い女だと思われたくないから、聞き分けのいい子を演じなければならない。

それが辛いなんて、さすがに櫂には言えないだろう。

――ダメだ、櫂さんのことが好きすぎでしょ？　私ったら。

ふぅ、とこっそりと重い息を吐く。

その後も、のらりくらりと瑚々からの質問を躱《かわ》していると、だんだんと彼女の顔が不機嫌になっていった。

一人で立ち向かっていても勝てないと判断したのだろう。

瑚々はキッチンにいる祖母――私の母に助けを求めに行く。

いつもなら実家と目と鼻の先にある喫茶店を切り盛りしている母だが、今日は店を閉めている。

父が亡くなったあと、母の友人である丸川《まるかわ》が喫茶店を手伝ってくれているのだが、その彼女が法事のため店に出ることができない。

それならば、いっそのことお休みにしてしまおうということで、前々から休業することを決めていたのだ。

久しぶりにのんびりした時間を過ごしていた母は、瑚々を見て優しげに頬を緩める。

瑚々は母に纏わり付きながら声をかけた。

「ねぇ、おばあちゃん。千依ちゃん、最近おしゃれだよねぇ」

「そうねぇ、千依も年頃だもの。おしゃれぐらいするわよ」

瑚々の欲しい回答ではなかったのだろう。

どこかむきになって頬を膨らませる。


「そうじゃなくてね。元々千依ちゃんはかわいいけれど、ますますかわいくなったよねっていう話なのー！」


地団駄を踏みながら訴える瑚々、それを見て笑う母。いつもの光景だ。

ただ、ここに姉がいたらいいのにと思って、センチメンタルな気持ちになる。

瑚々は私の姉、芹奈《せりな》の忘れ形見だ。

一年前、姉が交通事故で亡くなってから、瑚々は安島家で暮らしている。

それまでは別々に暮らしていた。

姉は瑚々を出産して、一年後。他県へと移り住んでいたためだ。

『一緒に住めばいいのに』と姉を説得したのだけれど、『大丈夫よ、とりあえず瑚々と二人で頑張ってみるわ』とあっけらかんと笑い、姉は一人で瑚々を育ててきた。

だが、やはり姉一人では大変だろう。そう思った私は頻繁に姉の下へと行き、子育ての手伝いをしてきた。

瑚々が生まれたばかりの頃から今まで、私は叔母として彼女の成長を見守っているのだ。

最近の瑚々はとてもおしゃまさんで、大人顔負けのことを言い出したりするのでビックリすることが多い。

それも侮れない発言が多く、ヒヤヒヤすることもしばしば。

まだ五歳、されど五歳。周りのことをよく見ているし、色々なことに敏感だ。

さすが姉の子どもといった感じである。

姉はすれ違う人が目を見張るような派手な美人で、大企業の社長秘書をバリバリとこなしていた人だ。

家族の前では大雑把《おおざっぱ》なところを隠しもしなかったが、一度外に出れば完璧な女性だった。

秘書という職業についていただけあって、人の感情の機微にも敏感だったし、人付き合いもうまかった。それに妙に勘が鋭い。

隠し事をしていても、姉にだけはよくばれていたことを思い出す。

姉のそういうところは、間違いなく瑚々に遺伝しているなぁなんてこの頃よく思うことだ。

他人のことはよく気づいて世話を焼くくせに、自分のことは秘密主義だった姉。

色々ミステリアスな人物ではあったが、姉は最大の秘密を隠したまま逝ってしまった。

それは、瑚々の父親についてだ。

お腹が大きくなってから姿を見せて『私、この子を産むから』と宣言。母と共にひっくり返るぐらいビックリしたのを覚えている。

何度も『父親は誰なのか？』と聞いたのだけれど、一度も口にはしなかった。

姉はしっかりしている人だ。何か理由があるからこそ、父親の名前を口にしないのだろう。

そう結論づけて、そのあとは何も聞かずにただ親子を見守りつつ、時に育児を手伝いながら過ごしてきた。

父親がいないと言うのならば、その穴を埋めるように私たちが愛してあげればいい。

そんな気持ちで、ここまでやってきたのだが……。

姉が亡くなったあとも、瑚々の父親に関する物は見つからず、結局今もわからずじまいだ。

その上、父親だと名乗る人物は今も訪れないのだから、もしかしたらその男性は瑚々の存在を知らないのかもしれない。

誰にも何も言わずに逝ってしまった姉。死んでしまったあともミステリアスなんて、姉らしい。

時計を見ると、そろそろ家を出なければならない時間になっていた。

今もまだ瑚々は母に「千依ちゃんに彼氏ができた説」を訴えている。

それを宥めながら、母は私に視線を向けてきた。

目で「こっちは大丈夫だから」と伝えてくる。

ありがとう、とこちらも目でお礼を言ったあと、「じゃあ、瑚々。行ってくるね～」と声をかけて家を出た。

今日はこれから櫂とデートの約束をしている。今すぐ駅へと向かわないと間に合わなくなってしまう。

母には前もって「友人と映画に行ってくる」と伝えてあるのだが、きっと嘘だと見抜かれているだろうなと苦く笑う。

母や瑚々に、彼氏ができたことをそろそろ話してもいいのかもしれない。

そうは思うのだけれど、母に話せない理由がある。

それは昔の失恋が関係していた。

いずれは話さなければとは思っているけれど、もう少し勇気が出てからにしようと先延ばしにしている。

だけど、先程の瑚々の様子を見ていると、そのうち動かぬ証拠を突きつけられてしまいそうだなと肩を竦めた。

五歳でこんな調子では、今後彼女が成長した暁《あかつき》にはどんなふうになってしまうのか。想像しただけでも恐ろしい。隠し事なんて一切できなくなるだろう。

そんな瑚々ではあるが、私にとってかわいい姪っ子だ。

彼女が大きくなるまでは、姉の代わりに育てていきたい。そう思っている。

最寄り駅まで行き、電車に乗って待ち合わせをしている駅へと向かう。

そこには改札の横壁に寄りかかりスマホを見ている櫂がいた。

――やっぱり、めちゃくちゃ格好いいよね……。

今日の彼は、ラフな服装だ。

カーキ色の五分丈ワイドシャツとパンツのセットアップだ。

インナーは白で爽やかさを演出している。

背が高く、ガッシリとした体格の櫂にとてもよく似合っていた。

いつもはきっちりと整髪料で整えている黒髪は無造作にしていて、それだけでオンとオフのギャップを感じる。

スーツ姿の彼もとても素敵だが、私服姿の彼もまた素敵だ。

彼の前を通る女性たちが、櫂にチラリと視線を向けている。

きっと「格好いい人だな」なんて思っているのだろう。

その気持ちはわかるが、やめて欲しい。

彼は私にとって大事な人なんだから！　そんなふうに彼を振り返る人たちを咎《とが》めたくなる自分がいる。

こんなところで独占欲を丸出しにしていることに恥ずかしさを覚えた。

櫂はまだ、私がいることに気がついていないようだ。

髪を掻き上げながらスマホを見つめている。その仕草がまた男の色気を感じ、ドキッとしてしまう。

スマホを見るのを止め、顔を上げた彼と視線が絡んだ。

「千依！」

先程までのクールな表情とは一変、クシャッと顔を崩してほほ笑んだ。めちゃくちゃかわいい。

櫂のことを意識したきっかけは、きっとこのギャップだ。

厳《いか》つく、ザ・警察官といった風貌の彼が、一瞬にしてかわいらしくなる。

それが堪らなくいい。

小さく手を振ると、彼は颯爽《さっそう》とした足取りで目の前までやってきた。

「お待たせしました、櫂さん」

「いや、大丈夫。今来たばかりだから」

そう言って爽やかにほほ笑む。やっぱり素敵だ。誰にもこの笑顔を見せたくはない。

そんな独占欲がむくむくと湧《わ》いてきて、余裕のなさが表れてしまう。

「どうした？　千依。外が暑かったから体調でも悪くなってしまったか？」

彼の眉間に皺が寄る。

腰を屈《かが》め、心配そうな目で顔を覗き込んできた。

至近距離で目と目が合い、ドキッと大きく胸が高鳴ってしまう。

顔が熱い。きっと顔は真っ赤になってしまっているはずだ。

すると、彼はますます顔を歪めた。

「もしかして熱中症になっていないか？　顔が真っ赤だぞ？」

ものすごく心配してくれるのは嬉しいけれど、この顔の赤みは全部貴方のせいだと言いたい。

咄嗟に彼から視線をそらし、顔の熱さを感じながら唇を尖らせた。

「……櫂さんのせいですよ」

「え？　俺のせい？」

あまりに素っ頓狂な声を出すので、視線を彼に戻して小さく睨む。

「そうですよ。燿さんが格好いいから、ドキドキしちゃうんです。顔が赤いのもそのためで、熱中症じゃありません」

言ったあとから恥ずかしくなって、また顔がジワジワと熱くなっていくのがわかる。

すると、急に彼が手首を掴んできた。

彼はそのまま私の手首を掴んで闊歩《かっぽ》していく。

「え？　え？　燿さん？」

急にどうしたというのか。

彼の歩幅はかなりあり、私はどうしたって小走りになってしまう。

燿さん、ともう一度彼の名前を呼ぶと、ようやく足が止まった。

人の気配があまりない路地裏の隅。建物の陰になっているそこは、静まりかえっていた。

ホッとしながら乱れてしまった呼吸を整えていると、彼は背を向けたまま呟く。

「あんまりかわいいこと言わないでくれ、千依」

「え？」

驚いて声を上げると、彼はこちらを振り返った。どこか余裕のない様子だ。

「いつもはしっかり者で隙があまりないのに、ふとした瞬間に隙を見せてくる。それが堪らなくかわいい。頼むから、他の男の前ではこんな台詞言わないでくれ」

「え？　え？」

まさかそんなふうに言われるとは思ってもいなくて目を見開いていると、彼は熱の籠もった声で言う。

「映画に連れて行けなくなる」

「櫂さん？」

どういうことだろうと首を傾げていると、今もまだ掴まれたままだった手首を引っ張られた。

よろけてしまった身体は、彼の腕に抱き留められる。

ギュッと抱きしめられた瞬間、彼がつけているコロンの香りとぬくもり、そして異様に速く脈打つ鼓動を感じた。

「今すぐ抱きたい……っ。ずっと千依に会いたくて、触れたくて堪らなかった」

耳元で彼が囁《ささや》く。その声は低く、ひどく甘い。

ゾクリと官能的な痺れが背中を走った。

彼は、どんな表情をしているのだろう。

好奇心もあり見上げると、彼は私を情熱的な目で見つめていた。

その目には蠱惑的《こわくてき》なものも含まれているように感じる。

こうして彼と会うのは二週間ぶりだ。

お互い仕事が忙しく、なかなか時間を取れなかったからだ。

彼と抱き合ったのは、もっと前だ。

私だって彼の体温をもっと感じたい、とずっと思っていた。

映画を観て、食事をする。それが今日のデートプランだ。

だけど、今は早く二人きりになりたくて仕方がない。

映画を観ていても、食事をしていても、おそらく私たちは気もそぞろになってしまうだろう。

今はただ、早く彼と一つになりたい。

彼の懇願めいた目と声のせいで、すっかり私の中にある情欲の火が灯《とも》されてしまったようだ。

彼の背中に腕を回し、ギュッと抱きつく。そして、小さく頷いた。

「映画は今度でいいから……。私も、ずっと貴方に触れたかったです」

二週間という間、本当に寂しかった。

電話でもいい、声を聞きたい。何度も思っては、「やっぱり迷惑になるよね」と渋々諦めた日々。

『仕事で多忙を極めているから、マメに連絡をできないと思う』

そんなふうに櫂からは前もって言われていた。

想像するよりもっと大変で、責任ある仕事をしているのだろう。

わかっていたからこそ、寂しくても連絡を取ろうとはしなかった。

彼の邪魔になりたくないから。嫌われたくないから。

その一心でこの二週間を過ごしてきた。

『ようやく仕事が落ち着いたから、休みが取れる』

彼からそんな連絡が来たときは、飛び上がらんばかりに喜んでしまった。

だけど、その気持ちを極力抑えていたのだ。

はしゃぎすぎたら、子どもっぽいと呆れられるかもしれない。

そんな不安があったからだ。

でも――私だけではなかった。

彼もまた、私と同じ気持ちでいてくれたことを知り、心が浮き立つ。

恥ずかしさを感じながら、顔を上げる。

すると、情欲を含んだ目をした彼と視線が交わった。

「行こう」

櫂は耳元でそう囁くと、私の肩を抱いてタクシー乗り場へと向かう。

すぐにタクシーは捕まり、彼と共に乗った。

「――まで」

櫂が自宅マンションの住所を告げると、タクシーはウインカーを出して走り出す。

静かな車内。彼は何も言わない。

だが、ずっと私の手を握りしめ、彼の男らしく長い指は私の手を撫でてくる。

その触れ方が愛撫をしているときの手つきを彷彿《ほうふつ》させるもので、知らず知らずのうちに呼吸が乱れてしまいそうになった。

ドキドキしっぱなしの私の心臓は、ますます鼓動を速くしていく。

早く……早く、彼と抱き合いたい。

そんなことしか考えられなくなってしまっていた。

タクシーで十五分の距離がもどかしく感じてしまう。

ようやくタクシーは彼の自宅マンションへと到着し、すぐさま彼の部屋へと向かった。

「お邪魔します」

何度か訪れたことがある彼の部屋だが、やっぱり緊張する。

ここに初めて来た夜、私は彼に初めて抱かれた。

あのときは、ものすごく緊張してしまったが、幸せな一夜だったことを今も覚えている。

愛していると何度も愛を囁きながら、櫂は大事なモノに触れるように私を幸せの絶頂へと押し上げてきて……。

そのときの夜をふと思い出し、なんだか照れくさくなってしまった。

パンプスを脱ぎ、腰を屈めてそろえようとしたのだが、彼がそれを止めてくる。

ウエストに彼の腕が絡み、引き上げられてしまう。

「おいで、千依」

「ま、待って。靴を――」

「待てない」

櫂は背後から私を抱きしめてくると、露《あらわ》になった項《うなじ》に唇を押し当ててきた。

「んっ!」

「かわいい……。この服も、千依によく似合っている」

「櫂さ……ぁ」

「かわいい、千依」

「ぁ……んんっ」

甘ったるい声が出てしまう。

その瞬間、手に持っていたパンプスがスルリと落ちていく。

カツンと音を立てて玄関に散らばる様を見つめていると、私は櫂によって抱き上げられていた。

縦抱きされたまま、部屋の中へと連れ込まれていく。

だんだんと遠くなっていく玄関を唖然としながら見つめていると、彼によってベッドへと寝かされていた。

カーテンの隙間から、太陽の光が差し込んでくる。

秘め事をするには、少々早い時間かもしれない。だけれど、夜になるまで待っていられなかった。

そんな自分に苦笑していると、ベッドが揺れる。

櫂が衣服を脱ぎながらベッドに膝を乗せたからだ。

彼はすでに上半身裸になっていた。鍛《きた》え抜かれた身体からは、雄としての色気を感じる。

この身体で、その手で……彼は警察官として人々を守っているのだ。

「千依」

掠れた声がとてもセクシーで、ドキッとしてしまう。

そんな彼から目が離せない。

抱きしめてもいい？　そんなふうに彼の目が問いかけてくる。

私は頷きながら、手を彼に向かって伸ばした。

早く抱きしめてもらいたい。早く……彼の体温を感じたい。

そんな私の願いは伝わったのだろう。彼は私の手を掴むと、余裕がない様子で覆い被さってきた。

「千依、ずっと触れたかった……っ」

吐息混じりで囁かれ、胸が喜びに震える。

大人になりすぎて、すっかり忘れていた胸がキュンとするような、あの感じ。

私は何度、彼に胸をときめかせていくのだろうか。

チュッと耳殻《じかく》にキスをすると、彼は顔を覗き込んでくる。

彼の瞳が淫欲めいたのを感じた瞬間、キスを仕掛けられた。

「……ぁ……ん」

我慢し続けて、ようやくありつけた。そんな彼の気持ちがダイレクトに伝わってくるような情熱的なキスだ。

何度も角度を変えて、唇を食《は》んでくる。

柔らかく熱をもった彼の唇は、私の唇を愛撫した。

その激しさに目眩《めまい》がしそうだ。

唇が触れ合うたびに音がする。なんだか淫らな感じがして、心臓が破裂してしまいそうなほどドキドキしてしまう。

これだけでは足りないと、熱を纏った舌を口内に入れ込んでくる。

蕩けてしまいそうなほど気持ちがいい。

舌と舌が絡み合うと、ゾクリと下腹部が淫らな期待をして震えてしまう。

余すところなく彼の舌は触れてくる。

そのたびに、私は甘い吐息を漏らした。しかし――。

「あ……」

彼が離れていってしまう。急に唇へのぬくもりがなくなり、寂しくて思わず声が出てしまった。

すっかり彼のキスに思考と身体を蕩かされてしまい、うっとりとした目で彼を見つめる。

彼は私の背中に手を添えると、ゆっくりとした動作で起こしてきた。

櫂は、ベッドに座り込む私の首筋にキスをする。そして、彼の手は私の身体を弄《まさぐ》るように触れながら、服をすべて剥《は》いだ。

何も身につけていない裸身の私を、彼はジッと見つめてくる。

その視線の熱さに身悶えてしまいそうだ。

身体を隠すように自身を抱きしめていると、彼はさらに私に近づいてきて耳元で注意をしてくる。

「こら、隠すな」

「だ、だって……」

口答えをする私の唇に、彼はチュッと音を立ててかわいらしいキスをしてきた。

驚いて目を瞬かせていると、彼は再び懇願してくる。

「見せて、千依」

そんな甘えた声で言わないで欲しい。すぐに貴方の願いを叶えたくなってしまうから。

チラリと彼を見ると、目で伺《うかが》いを立ててくる。

そんな櫂に「えいっ」と心の中で叫びながら、彼の形のいい唇にキスをした。

すると、今度は彼が驚いた様子で何度も瞬きをする。

ソッと彼から視線をそらして、小さく呟いた。

「恥ずかしいんだもの……」

消えそうなほどか細い声で言うと、急に視界が変わり天井が飛び込んできた。

どうやら櫂に押し倒されたようだ。

ベッドのスプリングが揺れると同時に、私の身体も揺れる。

顔の両横に彼が手をつき、余裕のない表情を浮かべて私を見下ろしていた。

「本当、千依は俺を煽《あお》る天才だな」

「煽ってなんて――」

反論しようとしたのだけれど、それを彼の唇で止められる。

私の唇が動きを止めたのを見て、彼は唇を解放してきた。

「出会ったときにも思ったけれど、千依はギャップの塊《かたまり》だな。そこが本当に……かわいい」

燿は私の頬をゆっくりと撫で、愛おしいと言わんばかりに目を柔らかく細めた。

男の色気を前面に押し出してくる彼に手を伸ばし、精悍な顔のラインに触れる。

「その言葉、そっくりそのまま燿さんにお返しします」

「え？」

「貴方ほどギャップがすごい人はいないと思う！」

普通にしていたらクールで男らしい人だと誰しもが言うだろう。

だけど、ひとたび彼がほほ笑めば、急にかわいらしくなる。

そのギャップにやられて恋に落ちる女性はたくさんいるはずだ。

――あ、また嫉妬しちゃいそう。

どうやら一人百面相をしていたらしく、燿は鼻の頭をちょんと優しく突いてきた。

「どうして不機嫌な顔になるんだ？」

「不機嫌な顔になっていましたか？」

マズイと思って慌てて笑みを浮かべたのだけれど、隠しきれなかったようだ。

不審そうにしている彼に白状する。

「想像して嫉妬しちゃったんです。燿さんのギャップを見て、恋に落ちちゃう女性がいるんじゃないかなって……」

言ってから後悔した。

なんて恥ずかしいことを言ってしまったのだろう。

彼を直視できなくて、慌てて背を向けようとした。だが、それは叶わなかった。

櫂に両手首を掴まれて、ベッドに押しつけられてしまったからだ。

「ありもしないことを不安になるな。もし、そんな女がいたとしても相手にはしないから安心していい」

きっぱりと言い切ったあと、彼は熱を帯びた目で見つめてくる。

「俺は千依しか見えていない。……お前以外はいらない」

真摯な声で言われ、胸が大きく高鳴った。そんな私に、彼はもう一度言う。

「千依しかいらない」

櫂は首筋に唇を押し当て、キツく吸い付いてくる。

きっと赤い跡がついてしまっているに違いない。

ダメ、と拒否したのだけれど、彼はまた跡がつくほど吸い付いてきた。

「俺は常に嫉妬している」

「え？　櫂さ……っ、あぁ……ぁ」

胸の膨らみに手を伸ばした彼は、柔らかな感触を楽しむように揉んでくる。

そして、ツンと固くなった先端に指を絡ませてきた。

指で捏《こ》ねるように弄られ、そのたびに嬌声を上げてしまう。

甘ったるい声を抑えたいのに、それを阻止するように彼の指は敏感な場所にばかり触れてくる。

先程まで指で弄っていた頂《いただき》に、彼の唇が食らいつく。

チュッとキツく吸われるたびに、舌で転がされるたびに身体が甘く痺れた。

彼のすべてを使って愛撫をされ、ひっきりなしに喘《あえ》いでしまう。

そんな私を見下ろす彼の表情はまさに雄だ。

ペロリと唇を舐める仕草が、またセクシーでドキッと胸が高鳴ってしまう。

彼は私の身体すべてに熱を与えるようにキスをしていく。

指の先にも唇が這い、ゾクリと背筋に快感が走る。

何度高みに昇らされているだろうか。

すっかり彼の愛撫によりトロトロに蕩かされてしまった。

乱れた呼吸を整えているうちに、彼は私と交わる準備を済ませていたようだ。

膝裏に手をかけて、脚を大きく広げられてしまう。

いつもなら恥ずかしさを滲ませて、少しだけ抵抗をする。だが、今の私は抵抗しなかった。

それより早く彼と一つになりたい。その気持ちの方が勝っていた。

「千依……」

彼もまた私と同じ気持ちのようだ。

早く体温を蕩かしてくっつきたい。目がそう語っていた。

彼が深く、奥へと入ってくる。

そのたびに幸せを感じて、彼にしがみつく。

ギュッと抱きしめ合って、一つになった喜びを噛みしめた。

ずっと求めていた、彼のぬくもり。それを身体の中からも感じて、堪らなくなった。

このまま離れたくない。そんな気持ちになるほど、彼との時間は私にとってかけがえのないものになっていく。

腰の動きが速くなるたびに何度も嬌声を上げては、蕩け合う瞬間を期待する。

一際深い場所を刺激された瞬間、身体が硬直して爪先に力が入った。

何度か小さく震えたあと、彼もまた薄膜越しに熱い迸《ほとばし》りを吐き出す。

涙目で彼を見上げると、彼は快楽を求めるような淫らすぎる目でこちらを見つめ返してきた。

「千依、愛している」

少し掠れたセクシーな声で言われて、私の胸はまたかわいらしく鳴いた。

彼の首に腕を回して引き寄せ、形のいい耳に囁く。

「私も愛しています、耀さん」

すると、彼の身体がビクッと小さく震えた。

どうしたのか、と不思議に思っていると、彼は急に身体を起こしてベッドを下りる。

そして、私を横抱きにしてきたのだ。

「え？　え？　耀さん？」

目を白黒させて驚いている間に、彼は私を抱き上げたままバスルームへと向かう。

そして、気がつけば再びキスの嵐と愛撫を受けることになってしまった。

「千依が煽ったのが悪い」

煽ってなんかいない、という私の抗議の声は喘ぎ声に変わってしまい、再び身体を
蕩けさせられてしまったのだった。

「大丈夫か、千依」

「ん……」

車の振動が心地よくて、どうやら眠ってしまっていたようだ。

櫂の自宅マンションでいっぱいかわいがられたあと、イタリアンレストランのデリバリーを頼んで食事をし、彼の車で自宅まで送り届けてもらうことになった。

しかし、さすがにベッドとバスルームで彼に翻弄されて疲れてしまったのだろう。

車に乗り込んですぐから、記憶がない。

目を擦りながら寝ぼけ眼《まなこ》で周りを見回す。すると、実家の近くまできていたことに気がつく。

車は外灯の下、自宅の少し手前で停まっていた。我が家の二階、瑚々の部屋が見える。

照明はすでに落とされていた。瑚々はもう寝ているだろうか。

「ごめんなさい、私すっかり寝入っちゃって……」

彼に一人で運転させてしまったことへの罪悪感、そして寝ている間に寝言などの失態をしていなかったかという不安で慌ててしまう。

すると、櫂は苦笑しながら私に手を伸ばしてきた。

「いや、俺が千依を求めすぎたんだ。ごめんな」

「そんなことないです。私だって……」

彼を求めたのは、私だって一緒だ。首を横に振って否定すると、彼は小さくほほ笑む。

「少しは疲れが取れたか？」

優しい手つきで頭を撫でられ、気持ちがよくて再び目を閉じてしまいたくなる。

だが、さすがにここで眠る訳にはいかない。

必死に目を開けると、彼の手は私の頬に移ってきた。そして――。

「っん！」

櫂は運転席から身を乗り出してきて、キスをしてきた。

チュッと小さくリップノイズを残し、ゆっくりと唇が離れていく。

それがなんだか名残惜しく感じてしまった。

物欲しげな目をしていたのか。彼は困ったように視線をそらす。

「そんな目で見るな。千依を帰したくなくなる」

「っ！」

どんな表情をしているというのか。

慌てて顔を両手で隠して恥ずかしがっていると、彼はその大きな手のひらでポンポンと優しく頭に触れてきた。

「家の人に挨拶をしなくていいか？」

「ええ!?」

思わず大きな声を出してしまい、手で口を塞ぐ。

すると、彼は訝しげな視線を向けてくる。

「もしかして、まだ言っていない？」

「……ごめんなさい。まだ言っていないです」

「まだ、恥ずかしい？」

「うぅ……はい」

ごめんなさい、と何度も頭を下げると、彼は困ったように笑う。

「大丈夫。千依がものすごく照れ屋だってことは知っているから」

「本当にごめんなさい。もう少しだけ時間をください」

彼はすでに自分の家族に私の存在を明かしているらしい。

好美経由で広がったというのが正しいのかもしれないけれど、付き合っている女性がいるとご両親に話したと聞いている。

それなのに私ときたら、まだ母に話していないのだ。

母のことなので薄々気がついているとは思うけれど、それでもきちんと伝えておかなければならないだろう。

真剣なお付き合いをしているのだから尚更だ。

だけれど、私には母に恋人の存在を話せない理由がある。

だからこそ、ズルズルとここまできてしまっていた。

おずおずと上目遣いで彼を見ると、「それ、反則だから」と言いながら櫂はハンドルに突っ伏してしまった。

「その表情でお願いされたら、なんでも許してしまう自信がある」

「……どんな顔ですか、それって」

フフッと声に出して笑ってしまった。

そんな女子の高等テクニックなんて、私に使いこなせるはずがないのに。

クスクスと笑い続けていると、彼はふて腐れた顔をしてこちらを見つめてくる。

「まったく。どんな千依を見ても、なんでも許しそうな自分が怖い」

「えぇー!?」

何を言っているんですか、と笑うと、彼はふぅと小さく息を吐き出した。

「とにかく、千依がかわいくて仕方がないってこと」

「っ!」

ドキッとして笑うのを止めると、彼は流し目を送ってきた。

「少しは自覚しろ。自分がとてもかわいくて、綺麗で、男にモテるってことを」

何も言えないでいると、櫂は腕時計を確認して寂しそうに呟く。

「そろそろ千依を家に帰さなくちゃな。千依のお母さんが心配してしまう」

現在、夜の八時。母には確かに八時頃に帰ると言っておいたが、少しぐらい遅れても大丈夫だと思う。

大人なんだし、わかってくれるはず。

別れたくなくて思わずそんな我が儘を言ってしまうと、彼は首を横に振った。

「ダメだ。きちんと約束は守らせて欲しい。近い将来、挨拶に伺わせてもらうつもりだから」

真摯な目でそう言われてしまい、私は渋々と頷いた。

「はい、じゃあ……また」

「ああ、また」

シートベルトを外したあと、助手席のドアを開いて降り立つ。

「おやすみなさい」

「おやすみ、千依」

お互い手を振り合い、私は名残惜しい気持ちを隠しながらドアを閉める。
彼はもう一度だけこちらに向かって手を振ったあと、車を発進させた。
彼の車が見えなくなるまで見送り、小さく息を吐き出す。
「早くお母さんには話した方がいいよね……」
そう呟きながらも、なかなか勇気が出ない自分に呆れる。
いつ切り出そうか。
そんなことを考えながら夜空を見上げた。
明日はまた雨になるらしい。今朝、そんな天気予報が出ていたが、確かにどんより
と雲が夜空を覆い尽くしている。
「あーあ、また当分会えないのかぁ……」
切ない気持ちが込み上げてくるが、それでも仕方がない。
お互い社会人である上、櫂は激務の警察官僚なのだ。忙しいのは当たり前だ。
ゆっくりと自分の唇に指を這わす。それだけで、今日されたキスを思い出してしま
う。
いっぱい彼に愛してもらったのだ。心と身体のエネルギーチャージはできたはず。
「よし、明日も仕事頑張るぞ!」

小さく気合いを入れたあと、実家の門扉をくぐった。

3

「ねぇ、千依ちゃん」

「ん？」

燿とのデートから帰ってきた私は、瑚々の寝かしつけのために自宅二階にある彼女のベッドに横になっている。

燿の車から見たときは部屋が真っ暗になっていたので眠ってしまったとばかり思っていたが、まだ瑚々は起きていた。

私が帰ってきたのを見て、「千依ちゃん、ご本読んで！」とお願いされたので瑚々のお気に入りの絵本を読み終わったところだ。

トントンと瑚々の背中にリズムよく触れていると、瑚々は寝返りを打ってこちらを向く。

どこか目をキラキラとさせて、私を見つめてきた。

「千依ちゃん、やっぱり彼氏ができたでしょう？」

「は⁉」

大きな声を出してしまい、慌てて口を押さえる。

何を言い出したのか、と恐る恐る瑚々を見つめると、ニッと天使のような悪魔の笑みを浮かべてきた。

姉の面影と重なる。勘の鋭かった姉は、私が隠し事をしていてもすぐに見破ってきたことを思い出す。

特に恋愛に関しての直感は凄まじいものがあった。

私の恋愛事に関して、姉はすべてを把握していただろう。

そう言い切れるほど、姉にはお見通しだったのだ。

『お姉様に隠し事なんて一生早いわよ』

オホホ！　と高笑いしながら、名探偵さながらの推理と洞察力に何度言い負かされたことか。

血は争えない。そういうことなのだろう。

目の前の瑚々を見て、顔を引きつらせる。

だが、相手は五歳児だ。うまくいけばごまかすことができるかもしれない。

そんなふうに思っていたのだけれど、すぐさま瑚々に決定的証拠を突きつけられてしまう。

「さっき、車の中でチューしてたでしょ？　この部屋から見えたよ！」

何も言えず硬直してしまった。まさか、あのキスを見られていたなんて……！

車は玄関前に停めず、少し手前に停車してくれていた。

しかし、二階からは丸見えの場所だったと後から頭を抱えても遅い。

外灯の明かりで照らされていたことも敗因の一つだろう。

なんとかごまかしてうやむやにしようという作戦が藻屑《もくず》となって消えていく。

頭が真っ白になりすぎて、どんなふうに反応すればいいのかわからない。

一方の瑚々は、どこかウキウキした様子を見せてくる。

「お姫様と王子様みたいだったよ！」

「お姫様と王子様……」

呆然《ぼうぜん》としたままおうむ返しにしていると、瑚々は「うん！」と大きく頷いた。

「お姫様と王子様が結ばれるとき、チューは必ずするもんね」

「そ、そうね……」

そう答えるしか、道は残されていなかった。

確かに瑚々にねだられて読み聞かせしていた本は、王子様とお姫様が登場してラストではキスをしてめでたしめでたしというものが多かったかもしれない。

瑚々がそういうお話を特に聞きたがるから、読み聞かせする機会も多かった。

口元がひくつく私に、瑚々は「おとぎ話みたいだったなぁ～」とどこか夢見心地になっている。

それを見て、不幸中の幸いだったと胸を撫で下ろす。

先程、櫂が車でしてきたキスは一度だけ。それも唇と唇を少しだけ重ねる軽いものだった。

本当によかった、とホッと息を吐き出していると、瑚々の顔が急に険しくなる。

どうしたのかと首を傾げていると、彼女は起き上がって腕組みをした。

「でもね、千依ちゃん。悪い王子様もいるし、邪魔をする魔女だっているかもしれないよ?」

「えっと……?」

「王子様のキスで目覚めるお姫様もいるけれど、オオカミに食べられちゃうかもしれない」

なんだか色々なおとぎ話がごっちゃになっている気がする。

苦笑していると、瑚々はますますムキになった。

「笑い事じゃないよ、千依ちゃん。私は、とっても心配ですっ!」

ムンッと唇を横に引くと、「よーく聞いてね」と私に忠告をしてくる。

「千依ちゃんの王子様。本当に千依ちゃんを大事にしてくれている？」

「もちろんだよ」

私も起き上がって、瑚々に向き直る。

そこは声を大にして言いたい。深く頷き、瑚々をまっすぐ見つめる。

しかし、彼女は目を細めて疑わしいと言わんばかりだ。

「本当だよ。櫂さんは、とっても優しい人だよ。だから、心配する必要なんてないよ」

そう言ったのだけど、なぜか瑚々は未だに疑っているようだ。

どうしたら瑚々を安心させられるのだろうとほとほと困っていると、瑚々は胸を張った。

「じゃあ、私が千依ちゃんの王子様に会ってみる！」

「え……」

「本当に千依ちゃんを大事にしてくれる人なのか、私が見てあげるから」

「ええー!?」

まさかそんなことを言い出すとは思ってもみなかった。

唖然としていると、瑚々はエッヘンと得意げに言う。

「ママが言っていたの」

「え？」

「千依ちゃんは大失恋してから恋をしなくなっちゃったって。次に千依ちゃんが恋をしたときには、その王子様が千依ちゃんにピッタリの人かどうかを見てあげるつもりだって」

「お姉ちゃんが？」

「うん。でも、ママは死んじゃったでしょ？」

「瑚々……」

寂しさや悲しさを滲ませる瑚々の表情を見て、胸が押しつぶされそうになる。

どうやって慰めればいいのか悩んでいると、瑚々は前向きな表情に変わり、目をキラキラと輝かせた。

「だからね、千依ちゃん。ママの代わりに私が千依ちゃんの王子様と会って、千依ちゃんとピッタリな人か見てあげる！」

心配していた気持ちが一変、その発言を聞いて頭が痛くなった。

姉は娘である瑚々に何を吹き込んでいたのだろう。

確かにだいぶ前にした恋愛で痛い目に遭ってしまい、その後は恋とは距離を置いていたしご無沙汰だった。

そのことを姉として心配してくれていたことを聞いてありがたく思ったが、それを瑚々に話していたなんてとため息をつきたくなる。

肩を落としていると、瑚々は立ち上がった。そして、天井に向かって拳をあげる。

「よしっ、頑張るぞ！」

その後、やる気に満ちている瑚々をなんとか諦めさせようと努力した。

しかし、さすがは姉譲りのバイタリティー溢《あふ》れる瑚々だ。

諦めるどころか、ますますやる気が出てきてしまい……。

結局、折れた形で瑚々を連れてのデートをすることになってしまったのだ。

「はじめまして。千依ちゃんとお付き合いしている正之村櫂です」

「……安島瑚々です。五歳です。今日はよろしくお願いします」

ぺこりと頭を下げ、お行儀よく挨拶ができた。

とても偉いと褒めてあげたくなるのだけど、その仏頂面はいただけないだろう。

瑚々！　と名前を呼んで注意をすると、彼女は口をへの字に歪めた。

「だって今日は私、この人が千依ちゃんを大事にしてくれる人かどうかを見に来たんだよ。私は真剣なんだからっ！」

腰に手を置き、瑚々はますます仏頂面になる。

それを見てため息をつき、櫂に頭を下げた。

「本当にごめんなさい。櫂さん」

「いや、千依が瑚々ちゃんに大事にされているってことだろう？」

「そうかもしれないですけど……」

それにしても申し訳なさすぎると、しょんぼりと肩を落とす。

「気にすることはないよ、千依」

櫂は優しげにほほ笑んだあと、瑚々と同じ目線になるようにしゃがみ込んだ。

「瑚々ちゃんに合格だと思ってもらえるように頑張るよ」

彼は朗《ほが》らかにほほ笑んでくれたが、居たたまれない気持ちになる。

しかし、今日の櫂はやけにやる気を出している。

瑚々に会うのを、ものすごく楽しみにしていたようなのだ。

瑚々の話を櫂にしたときのことを思い出す。

最初こそ神妙な顔つきで聞いていた。

でも、瑚々のおませな一面を聞いて驚き、おとぎ話のシャッフルをしてとんでもない解釈をしていると教えると腹を抱えて笑ったのだ。

「楽しい子だな。それに、叔母想いの優しい子だ。千依と瑚々ちゃんはいい関係を築いているんだな」

そう言って顔を綻《ほころ》ばせて目を細めると、意味深な視線を送ってきた。

「瑚々ちゃんを味方につければ、千依のお母さんに挨拶をするとき緊張しなくて済むだろうし。瑚々ちゃんに俺との関係がバレたのならば、千依のお母さんに伝わるのも時間の問題だと思うし？」

などと、私を挑発するように言ってきたのだ。

私がいつまで経っても母に櫂のことを伝えられないのでさりげなく非難したのだろう。

その件については本当にすまないと思っているのだから、そんなにいじめないで欲しい。

懇願すると、彼は優しげに笑い「千依のタイミングでいいけど。あんまりのんびりしていると、千依がお母さんに俺のことを報告する前に俺が挨拶に行く形になるぞ？」と冗談っぽく言われた。だが、目は真剣だった。

本気でそんな未来が訪れそうで、さすがに近いうちに腹を決めなければならないな、と冷や汗をかいたものだ。

櫂の言う通りで、瑚々にバレたということは母にもいずれバレることだろう。

そもそも母は薄々気がついている様子だったし、何より今日のこのお出かけに関しても不思議に思っているはずだ。

私がどうしてこんなにも母に櫂の存在を告げることができないのか。

身内に彼氏の存在を伝えるのは気恥ずかしいからという理由とは違う、打ち明けられない訳がある。

私に彼氏ができたことを伝えて、母がどんな反応を示してくるのか。それが心配だったからだ。

私には、数年前に彼氏がいた。

付き合いも順調で、「このまま彼と結婚するかも」などと思っていたぐらいだ。

もちろん母と姉には付き合っている男性がいることをすぐに伝えてあったし、結婚するかもしれないなんてことも伝えていた。

しかし、それは叶わず、恋が終わってしまったのである。

原因は、彼の浮気。彼は私と付き合いながら別の女性と二股をかけていて、天秤にかけていたようだ。

彼のSNSで見知らぬ女性と結婚をしていたことを知り、自分が捨てられたことを悟ったのだ。

そのときは人のことが信じられなくなってしまい、ご飯が喉を通らなくなり、体調を崩してしまった。

鏡を見たとき、あまりの憔悴ぶりに目をそらしたぐらいだ。

毎日私を気遣ってくれていた母にしたら、居たたまれない気持ちになっていたはず。

母はとても心配してくれたが、その優しさが辛かったため言ってしまったのだ。

『応援してくれていたのに、うまくいかなくてごめんね』

そう告げたときの母の表情が今も忘れられない。

ひどく傷ついた顔をしていたからだ。

あのときのことを思い出すと、簡単に恋人ができたなんて言いづらくなってしまう。

また失恋をして傷ついたらどうしよう、そんなふうに母を心配させてしまう可能性があるからだ。

それぐらいなら、恋人の存在を伝えない方がいい。そんなふうに思っていた。

それに付き合い始めた当初、私も疑心暗鬼なところがあったのも否めない。

この恋は大丈夫だろうか。以前のように裏切られたりしないだろうか。

そんな心配をしていたのは確かだ。だからこそ、母に言えなかったというのもある。

しかし、正之村櫂という人を知るたびに彼となら素敵な恋愛ができると自信を持って言えるようになってきた。

彼は全身全霊で私を愛してくれる。まっすぐな瞳は澄んでいて、彼は嘘を言うような人ではない。

そのことがわかったとき、彼のことを信じようという気持ちが芽生えてきたのだ。

未来は誰にだってわからない。

もしかしたら、櫂と別れる結末があるかもしれない。

だけれど、私は彼と恋がしたかった。

怖がってなかなか出せなかった一歩を踏み出せたことは、誇らしい進歩だろう。

傷つくような未来がこの先あったとしても、彼との恋を後悔することはない。

そんなふうに言える自分がいる。

母に自分の気持ちを伝えれば、安心してもらえるかもしれない。

そう思えるようになるまでに時間はかかってしまったけれど、今なら母に櫂のことを話せるはずだ。

家に帰ったら、彼氏がいるということを伝えようと決意を固める。

「ほら、千依。おいで」

瑚々はすでにジュニアシートに座っていた。

私が考え事をしている間に、櫂が座らせてくれたのだろう。

ありがとうございます、とお礼を言ったあと、私も瑚々の隣に座った。

私がきちんとシートベルトをつけたのを確認すると、櫂は後部座席のドアを閉めて運転席へと乗り込んだ。

「じゃあ、出発するぞ」

そう言うと彼はエンジンをかけて、車をゆっくりと発車させた。

今日は櫂の運転で水族館へと行く予定だ。

瑚々に「どこに行きたい？」と聞いたら「水族館！」と即答したからだ。

その話を櫂にすると、彼はすぐお兄さんに交渉してジュニアシートを借りてきてくれた。

彼のお兄さんに何かお土産でも買わなくちゃ。そんなふうに思っていると、瑚々は櫂とおしゃべりをし始めた。

最初こそツンツンした態度を取っていた瑚々だったが、次第に櫂と打ち解けてきたのだろう。話に夢中になっている。

時折大笑いしながら話している二人を見て、ホッと胸を撫で下ろす。

元々瑚々は人なつっこい子なので心配はしていなかったが、今日櫂と会った理由が〝私にふさわしいかどうかを見極めるため〟だったので、どうなることかと不安に思っていた。

だが、どうやら杞憂に終わりそうだ。

あれこれ話しているうちに、目的地の水族館に到着。

その頃には瑚々のテンションはマックスになっていて、自然と櫂と手を繋いでいた。

「千依ちゃん！　早く行こうよ！」

すっかり水族館に心奪われている瑚々は、私の手を引いてくる。

櫂、瑚々、私という並びで手を繋ぎ、館内へと入っていく。

いつもは混雑している水族館だが、人はまばらだ。

今日は同じ敷地内にある遊園地で催し物があるらしく、そちらに人が流れてしまったのだろう。

人混みを回避できたので館内をゆっくり見ることができそうだし、何より人に紛れて瑚々を見失うということは防げそうだ。

そのことに安堵していると、視界に大きな水槽が飛び込んでくる。

「うわぁ……！　クラゲさん、いっぱい」

水槽にへばりついて見る瑚々の目は爛々《らんらん》として輝いていた。

この水槽エリアには人が全《まった》くおらず、私たち三人だけの貸し切り状態だ。なんて贅沢なのだろう。

ジッとクラゲを見つめる瑚々の隣には櫂がいて、一緒になって水槽を見つめている。

あのクラゲは変な格好をして泳いでいる、あっちのはちょっと小さめだね、とか。

二人の会話はとても盛り上がっていた。

ほほ笑ましいと思って見つめていたのだが、だんだんとモヤモヤしてくる。

——なんか櫂さんを取られてしまったみたい。それに、櫂さんには瑚々を取られたみたいに感じる！

姪にジェラシーを感じてどうする！　恋人に嫉妬してどうする！　と自身に突っ込みを入れる。

いい大人が何を考えているのかと肩を落としつつ、水槽のすぐ後ろにあるベンチに腰掛ける。

そして、瑚々の姿とクラゲの大群を見つめ続けた。

すると、いつのまにか櫂が横に座っていたようで声をかけられる。

「どうした？　千依。疲れたか？」

「え？」

心配そうに顔を覗き込んでくる彼を見て、慌てて首を横に振った。

「大丈夫よ。水族館に来て、まだそんなに時間は経っていないもの」

否定すると、櫂は「そうか」と静かな口調で言う。

すると、瑚々が振り返って手を振ってくる。それに二人で応えていると、彼は耳元で小さく囁いてきた。

「かわいいな」

「え？　ええ……ありがとう。うちの姪をかわいがってくれて」

今も水槽にへばりついている瑚々の後ろ姿を見ながら言うと、彼は小さく笑う。

「もちろん、瑚々ちゃんもかわいい。気が合いそうだしな」

「……そんな感じですよね」

少しふて腐れた声になってしまった。

それを隠すように咳払いをすると、彼は私の手を握りしめてくる。

「俺がかわいいって言ったのは、千依のこと」

「え？」

「瑚々ちゃんが俺と仲が良くて、拗ねてしまったか？」

ジッと見つめられてドキッとしてしまう。

薄暗い館内だが、彼の表情はしっかりと見える距離にある。

咄嗟に顔をそらして瑚々の背中を見つめていると、彼は甘い声で囁いてきた。

「それとも、瑚々ちゃんに俺を取られたと思って拗ねた？」

耳まで熱くなってきた。

櫂には、すべてお見通しだったようだ。

恥ずかしく思いながらも、私は彼に顔を背けた姿勢のままボソボソと小声で言う。

「どっちも……」

「え？」

「瑚々にも、櫂さんにも嫉妬した」

彼に視線を向けて正直に白状をすると、今度は櫂が顔を背ける。

「櫂さん？」

「見るな」

「え？」

不思議に思って首を傾げていると、彼は手を口に当てて恥ずかしそうにしながら再びこちらを見つめてきた。

「やっぱり、千依はかわいい」

「あ」

急に手を引っ張られてしまい、彼の腕の中に飛び込んでしまう。

彼の胸板に手を置いて顔を上げると、チュッとキスをされた。

櫂さん！　と小声で彼の名前を呼んで辺りを見回す。

誰もいないことにホッと胸を撫で下ろしたあと非難しようとしたが、彼は私の頭にポンポンと優しく触れてくる。

「大丈夫、誰も見ていない」

確かに瑚々は今もクラゲの水槽に夢中になっているし、このエリアには人は皆無だ。

だが、そういう問題ではない。

こんな公共の場で、キスなんて……。

身体中が羞恥心で熱くなっていると、瑚々が振り返って私の手を握りしめてきた。

「クラゲさん、たっぷり見たから次に行こう！　千依ちゃん、櫂くん」

「よし、イルカのショーでも見に行くか。そろそろ時間のはずだ」

彼はベンチから立ち上がると、瑚々と手を繋ぐ。そして、二人は私に手を差し出してきた。

「千依ちゃん、行こう！」

「千依、行くぞ」

満面の笑みを浮かべて私を見る二人を見ていたら、なんだか嫉妬しているのがバカらしくなった。

うん、と二人に手を差し伸べると、なぜだか喧嘩をし始めてしまう。

私と手を繋ぐのは自分だとどちらも譲らない。

そんな二人を見て苦笑しつつ、「じゃあ、こうしよう！」と二人の間に入った。

これなら、どちらとも手を繋ぐことができる。

三人で仲良く手を繋ぎながら、イルカショーが開催されるプールへと向かった。

＊＊＊＊

三人で水族館へと行った日から、瑚々を含めて三人でデートすることが増えていく。

櫂と瑚々はますます打ち解けており、つい最近瑚々からお許し（？）をようやくもらったところだ。

『櫂くんは信用できる！　千依ちゃんをよろしくお願いします』

などと言って正座をして深々と頭を下げたときには驚いたけど、三人でギュッと抱きしめ合った。

そのあとに櫂が言った言葉が今も心を温かくする。

『俺は千依が大好きだから大事にする。でもな、瑚々。お前のことも大好きだ。だから、千依と二人で瑚々もかわいがるからな。いいか？』

そう言った櫂に対して瑚々は驚いた様子を見せていたけれど、『うん！』と嬉しそうに頷いた。

そのときの瑚々の表情が忘れられない。

母にも恋人ができたことは伝えてある。

最初はどこか心配そうにしていた母だったけれど、瑚々の説得もあって今では見守ってくれているようだ。

櫂と初めて会ったのは五月中旬だったが、あれから半年が経過。

すっかり秋も深まり、時折冷たい風が頬を掠める十一月半ば。

今日は櫂とお泊まりデートだ。

都内から車で一時間弱ほどで訪れることができる、有名温泉街に宿泊する予定である。

観光を済ませたあと、旅館にチェックインして温泉を堪能してきたばかりだ。

どうやら私の方が先にお風呂から上がったらしく、まだ櫂は戻ってきていない。

この旅館を予約したのは彼で、実はここに来るまでどんなお宿なのか全然知らなかった。

『素敵な旅館を教えてもらったから、そこを予約した』とだけ言われており、あとは行くまでのお楽しみということになっていたのだ。

外観も立派な旅館で緊張してしまうほどだったが、部屋に着いてその素敵さに思わず感嘆の声を上げてしまった。

広々とした室内は畳敷きの和モダンで落ち着いた雰囲気があり、居心地がいい。

次に目に飛び込んできたのは雪化粧をした富士山だ。

客室からガラス戸を開けると、大きなテラスがある。

テーブルとウッドチェアが置かれてあって、外を眺めてゆっくりできそうだ。

何より、この客室には露天風呂が設置してある。

あとで入ろう、などと彼は言っていたが……やっぱり恥ずかしくなる。

視界に飛び込んできた露天風呂から視線をそらし、テラスにあるウッドチェアに腰掛けた。

十一月中旬でだいぶ寒くなってきたが、今日は天気がよく暖かい。

温泉で長風呂してきた身体のほてりを取るのに、ちょうどいい。

時折頬を掠める風を感じながら、ぼんやりと富士山のシルエットを見つめる。

正式に交際を始めたのは梅雨の頃だったが、ここまであっという間だった。

こんなに好きになれる相手が現れるなんて、元彼に裏切られた頃の自分に教えてあげたいぐらいだ。

ちょっとした喧嘩はしたことがあるが、それはお互いのことを思っているからこそ。

すぐに仲直りできたし、そのたびに二人の絆が強くなっている。

これからも彼と一緒にいたい。もっと彼と一緒に過ごす時間が欲しい。

そんな気持ちは日ごと大きくなっている。

「……我が儘だよね」

忙しい彼にそんなことは言えず、ただ自分の胸の内にしまい込んでいる感情だ。

幸せを感じれば感じるほど、自分が我が儘になっていく気がする。

ふぅ、と小さく息を吐いていると、背後から抱きしめられた。

「キャッ！」

ビックリして振り返ると、そこには浴衣姿の櫂がいた。

もうっ、と笑いながら怒ったふりをすると、彼もまたウッドチェアに腰掛ける。

「温泉、どうだった？」

「すっごくよかった。気持ちよかったです！」

肌がすべすべになったと喜んでいると、彼は優しくほほ笑んだ。

まだ少し濡れている黒髪、そして、浴衣が少しだけはだけて胸元がチラリと見える様は、大人の色気が漂っていた。

ドキッと胸を高鳴らせていると、彼は私に近づき耳元で囁いてくる。

「じゃあ、あとでその肌に触れさせてもらおうか」

「……櫂さんだって温泉入ったんでしょ？　すべすべにならなかったですか？」

彼の発言に含まれた艶めいた誘いには気がついたが、恥ずかしくて話をそらそうとする。

しかし、彼にはそんな私の気持ちなどお見通しだ。

クスクスと笑いながら、直球で言ってくる。

「抱かせて欲しい、って言ったつもりなんだけど？」

何も言わず頬を真っ赤にさせた私を見て、彼は「わかっているくせに」と意地悪く言う。

もうっ！　とそっぽを向くと、彼は楽しげに大笑いした。

こんな穏やかな時間がずっと続けばいいのに。

そんな気持ちでいると、彼は急にウッドチェアから立ち上がる。そして、私の足下で両膝をついてしゃがみこんだ。

「櫂さん？」

視線を落とすと、真剣な眼差しを向けてくる彼と目が合う。

その熱い視線に心臓を高鳴らせていると、彼は私の左手を取った。

「千依」

彼は掴んでいた手に唇を押しつけてくる。

その体勢のまま、櫂は私をジッと見つめて口を開く。

「結婚して欲しい」

テラスはとても静かだ。

だけど、彼が言葉を発した瞬間、より静寂を感じた。

鼓動の音しか聞こえず、ただ彼を見下ろすことしかできない。

プロポーズされるなんて予想もしていなかったからだ。

ドキドキしすぎて、なんて言ったらいいのかわからない。

頭の中が真っ白になる。

だが、すぐに脳裏に過《よぎ》ったのは、瑚々のことだ。彼女と離れたくはない。

瑚々は姉の忘れ形見だ。今まで安島家みんなで大事に育ててきた宝でもある。

彼女を置いたまま、嫁ぐことなんてできない。

今のところ後見人は母になっているが、母もいい年だ。

いつ何時どうなるか、未来はわからない。

いずれは私が瑚々の後見人になって育てていきたいと考えていた。

しかし、母は以前より『瑚々が成人になるまでは、絶対に生きてみせるから。千依は気にせずに結婚しなさい』と言ってくれていた。だけど……。

櫂との交際期間が長くなり、結婚という話がチラリと話題の片隅に出たら瑚々の今後について話そうとは思っていた。

彼が瑚々の養育について反対してきたら、この恋は諦めよう。

そんなふうに決めていた。

だがまさか、そんな話をする前にプロポーズされるなんて思ってもみなかったのだ。

考えこんで返事をしないでいると、櫂は優しい眼差しを向けてきた。

「瑚々のこと、心配しているんだろう?」

「櫂さん」

「もし、千依のお母さんが許してくれるのならば、結婚後は俺も安島家に住みたいと思っている」

「え?」

そんなことを彼が考えていたなんて思わなくて、声を上げてしまった。

唖然としていると、彼は柔らかい笑みを口元に浮かべる。

「瑚々と千依のお母さん、二人きりじゃ寂しいだろうし。瑚々だって大好きな千依と離れたくないはずだ。それに、俺だって瑚々と一緒に生きていきたいと思っているし、家族になりたいと思っている」

「本当……?」

「こんなこと嘘ついてどうするんだ? これは俺の本心だ。ただ、瑚々と千依のお母さんが許してくれるかどうか。そこが気がかりではあるんだけどな」

そう言って苦笑いを浮かべた。

彼は、女ばかりの安島家を案じてくれていたのだ。

その言葉を聞いて、涙が込み上げてきてしまう。

「千依？」

低くて甘い彼の声を聞いていたら、視界が滲んでくるのがわかった。

一呼吸つきたくて目を瞑《つむ》ると、ポロリと涙が零れ落ちる。

嬉しい。そんな素直な感情が涙で現れたのだろう。

嬉しさに胸が詰まって、涙がポロポロと頬を伝っていく。

櫂は困った様子で私の涙を指で拭ってくれる。

本当は早く涙を止めて、返事をしたいのに。

焦れば焦るほど、涙は止まってくれない。

「櫂さん」

涙声で彼の名前を呼んだあと、私はしゃがみこんでいる彼に抱きついた。

彼の体温を感じながら、私はより彼を抱きしめる腕に力を込める。

「櫂さん」

「ん？」

「櫂さん」

「どうした？　千依」

子どもみたいに泣きじゃくりながら、私は彼の名前を呼び続けた。

耀は優しい手つきで私の背中を撫でてくれる。

「プロポーズ……お受け、しますっ」

ヒックヒックと嗚咽《おえつ》しながら言うと、フワリと身体が浮き上がる。

え、と驚いて目を見開くと、耀に抱き上げられていた。

驚きすぎて涙が止まった私を見上げ、彼は真剣な表情で見つめてくる。

「本当か？　冗談だったとしても、もう取り消しさせないぞ？」

怖いぐらい真摯な目で問われて、私は慌てて何度も深く頷く。

するとと、彼は嬉しそうに目を細めた。

「ありがとう、千依。これからも、よろしく」

「こちらこそです！　耀さん。よろしくお願いします」

満面の笑みを浮かべる私を抱えたまま、耀はベッドルームへと入っていく。

大事なモノを扱うように丁寧に私をベッドに下ろした彼は、サイドテーブルにいつの間にか置かれていた小さな箱を手にする。

それを開くと、そこにはキラキラと輝くダイヤモンドがたくさん散りばめられたプラチナリングが鎮座していた。

それを手に取ると、彼はベッドに腰掛けて私の左手を恭《うやうや》しく手に取る。

「千依、愛してる」

そう言いながら、彼は私の左薬指にリングを嵌めてくれた。

――ドキドキしすぎて、また泣いてしまいそう……！

厳《おごそ》かな光を湛《たた》えたリングを見て、嬉しさが込み上げてくると同時に気持ちが引きしまる思いがした。

彼の妻になる。そのことの重大さに緊張をしてしまう。

「私、權さんのお嫁さんとして、ちゃんとやっていけるかな」

思わず飛び出した不安の言葉に自分自身ビックリする。

今の発言をなかったことにしようと慌てると、權は私の頭を抱き寄せてきた。

コテンと彼の肩に頭を預けると、彼は大きな手のひらで私の頭を優しく撫でてくる。

「そんなの、俺だって同じ気持ちだ」

「え？」

大きな声を出すと、權は苦く笑う。

「そんなに驚くことか？」

「だ、だって……」

彼は常に自信に満ち溢れている。そんなふうに思っていたからこそ、とても意外に感じた。

正直にそう言うと、耀はハハハと声に出して笑う。

「千依には格好いいと思ってもらいたくて意識しているけれど、箱を開けたらとんでもない男かもしれないぞ？」

「そんなふうには思えないですけど？」

横にいる耀にチラリと視線を向けると、彼の眉尻が下がる。

「ここまで強引なぐらいに千依を口説いてきた自覚があるからな」

「え？」

「千依がふと我に返ったとき、この人じゃないと思われないかって常に心配だぞ？」

ふぅ、と小さく息を吐き出したあと、耀は真剣な表情を浮かべた。

「だからこそ、俺はずっと千依を口説き続けるつもりだ」

「耀さん？」

「俺しか見えないぐらいに、ずっと愛するから」

彼の長い指が、私の顎に触れる。

そして、彼は私の顔を覗き込むようにキスをしてきた。

ゆっくりと唇が離れ、彼は私に熱情を込めた視線を向けてくる。

もう一度唇を重ねながら、彼は優しく押し倒してきた。

「俺だけを見ていろよ、千依」

「燿さん」

「これから一緒に生きていくんだ。不安や心配事は、全部二人で乗り切ればいい」

そうだろう？　と優しい口調で言う彼を見て深く頷いた。

「はい、そうですよね」

にっこりとほほ笑むと、彼は私の耳元で囁いてくる。

一緒に生きていこう、と力強く言ったあと、燿は何度も愛の言葉を囁き続けた。

4

「お母さん、調子はどう？」

瑚々と一緒に病室の扉を開いて中に入る。

個室の中ではベッドで上半身を起こし、必死な形相で手鏡を覗き込む母がいた。

私たちの顔を見ると嬉しそうに頬を綻ばせて、持っていた手鏡を膝の上に置く。

「まぁ、ぼちぼち。動きづらいからストレス溜まるわねぇ」

「ちょっと、大人しくしていてよ？　右脚、骨折しちゃっているんだから！」

「わかっているわよ」

豪快に笑う母を見て、少しだけ安堵する。

元々忙しくしているのが好きな母のことだ。ベッドに縛り付けられている生活はさぞ窮屈なのだろう。

とはいえ、右脚はギプスで固定されているので動き回ることは困難だ。

もちろん喫茶店の方は長期の休業を余儀なくされたが仕方がない。

もう少ししたらリハビリが始まるだろうけれど、少しの間は我慢していて欲しいものだ。

そんな気持ちを抱きながら、家から持ってきた着替えをバッグの中へと移し替える。

母は瑚々と話しながら、朗らかな様子だ。ホッと胸を撫で下ろす。

旅行から帰ってきて、一週間が経過。

あの旅行で櫂にプロポーズをされてから、私たちはすぐに結婚へ向けて行動していた。

お互い親に結婚をする旨を伝えたのだ。もちろん、私も母に報告をしている。

そのときの母は本当に喜んでくれた。以前、櫂とお付き合いしていることは伝えてはあったが、やはりその後の行く末を母はとても心配してくれていたようだ。

「本当によかったわね」

母が噛みしめるように呟いていたのが印象的だった。

まずはお互いの親への挨拶ということで、櫂が我が家へやって来ることが決定していたのだが……。

数日前、まさか母が階段から滑り落ちて骨折してしまうとは思ってもいなかった。

本来なら今日の午前中、櫂は安島家へとやって来て、母に挨拶をしてくれるという段取りだった。

しかし、こうなってしまった以上、仕方がない。

もう一度仕切り直ししましょうと彼に電話で伝えると、それならお見舞いに行かせて欲しいとお願いされたのだ。

彼は、忙しくなると休みが返上となる場合もある。

だからこそ、早めに挨拶だけでもしておきたい。

そう言われて、今日この病室で見舞いがてら母と顔合わせをすることになっているのだ。

その件については昨日のうちに母には話してある。

それで、先程まで身なりを整えるために手鏡と睨めっこをしていたのだろう。

すると、病室の扉をノックする音が聞こえる。櫂がやって来たのだろうか。

母の顔は強張り、扉を凝視している。

瑚々は「おばあちゃん、大丈夫だよ。櫂くん、優しいしイケメンだよ~」などと言って落ち着かせようとしていた。

だが、それを聞いて母はより顔を強張らせる。

イケメンって聞くとますます緊張しちゃうわぁ、と胸の辺りで指を組む。

どこか無理矢理元気を装っているように見えるが、気のせいだろうか。

どうかしたの？　と話しかけようとしたのだが、瑚々が「はい、どうぞ」と返事をしてしまう。

言葉を呑み込んでいると、ゆっくりと扉が開く。

そこには緊張した面持ちの櫂が立っていた。

スーツ姿の彼はよく見ているが、やっぱり格好いい。

凛々しい表情の彼を見て、私は彼に駆け寄ってほほ笑む。

「櫂さん、来てくれてありがとう」

「今、大丈夫か？」

「もちろん」

そう言って病室の中へと案内をすると、櫂は母に声をかける。

「こんにちは。お加減はいかがですか？」

「ええ、脚以外は元気にしているんですよ」

苦笑する母を見て、彼は深々と頭を下げたあとに言う。

「はじめまして、正之村櫂といいます」

すると、母は少しだけ思案顔になり、どこか恐る恐るといった感じで彼に問う。

「どんな字を書かれるの？」

「字ですか？」

母が彼にメモ帳とペンを差し出した。それを受け取り、櫂は自分の名前を書き記《しる》す。

「正之村櫂さん……」

メモ帳をまじまじと見つめながら、なぜか母が言葉を濁す。

そんな母を見て、ふと思い出したことがあった。

櫂にプロポーズされたあとのことだ。

母が「相手の名前だけ教えて欲しい」と言うので教えたのだけれど、そのときもどこか訝しげな様子だった。

何か聞きたげにしていた母に櫂について色々と話そうとしたのだけれど、「直接会って聞くから、名前以外はいい」と止められてしまったのだが……。

そのあとも、どこか母の様子はおかしかったかもしれない。

少しの違和感を覚えていると、母は櫂に向かって挨拶をし始めた。

「はじめまして。こんな格好ですみません。千依の母です。お話は千依や瑚々からお聞きしていますよ」

こちらにどうぞ、と母はベッド横にある椅子に座るように伝える。

その姿はいつも通りに見えた。私の気のせいだったのだろうか。

最初こそ遠慮していた櫂だったけれど「櫂くん、こっちにおいでよ！」と瑚々が手を引いて無理矢理椅子に座らせてしまった。

彼はかなり緊張しているみたいだったが、瑚々のおかげで肩の力が抜けたようだ。

どうやら瑚々にも彼の緊張が伝わっていたのだろう。

私に向かってこっそりとピースサインをしてきた。そんな彼女にこちらもこっそりピースを返す。

瑚々に私が櫂とお付き合いしていることがバレたあと、母には恋人がいるということを話しておいた。

詳しく話した方がいいかなと思っていたのだけれど、母は特に深くは聞いてこなかった。

むしろ聞かないでおくというスタンスだったのだ。

『千依はもう立派な大人だし、母親の私は貴女が助けを求めてきたときにだけ力を貸すしかできないからね。だから、この先もその彼と一緒にいることが決まったときに直接その男性に詳しく話を聞くことにするわ』

以前、手痛い失恋をした娘を案じているからだろう。

すぐに別れを迎えたとなった場合、私が母に対して気まずい思いをしないようにと配慮してくれたのだと思う。

逆にうまくいった場合、直接彼に話を聞くというのも、娘を思ってのことだろう。

娘を泣かせるような男ではないかを先入観なしに見極めるつもりなのだ。

どちらに転ぶかは、あの時点ではわからなかった。

だからこそ、母は何も聞きたがらなかったのだろう。

少しの沈黙のあと、母は意を決したように彼に問いかけた。

「正之村さん。貴方の職業をお聞きしてもいいかしら？」

「はい、警察官です。警視庁で働いています」

それを聞いて、母の顔が固くなる。

どこか青ざめているようにも見えるが、どうしたのだろうか。

母に彼の経歴などは一切話していないということは彼には伝えてある。

私が以前男性にひどく裏切られて捨てられたことを話した上で母の言葉をそのまま伝えると、彼は真面目な表情で背筋を伸ばしていた。

『千依の伴侶として、この男は大丈夫かを見極めるということだな』と気を引きしめていたのだが……。

母は私と瑚々に視線を向けると、にっこりとほほ笑んだ。

「千依。瑚々を連れて、少し席を外してもらえるかしら？」

「え？」

そんなことを言い出すとは思わず戸惑っていると、母は瑚々をチラリと見た。

これから母は櫂に対して、色々と聞きづらいことを言うつもりなのだろう。

何を聞くつもりなのかわからないが、それがわかっていても櫂の側を離れる訳にはいかない。

戸惑っていると、櫂が私に向かって小さくほほ笑む。

「大丈夫だ、千依」

「櫂さん」

それでも躊躇していると、彼はもう一度「大丈夫だ」と言いながら頷く。

「俺も千依のお母さんと腹を割って話したいと思っていたんだ」

櫂はそう言うと、瑚々に視線を向けた。

「瑚々、千依と一緒にお散歩しておいで」

瑚々は最初こそ櫂を凝視していたが、何かを感じ取ったのだろう。

うん、と元気よく返事をして私の手を引っ張った。

「千依ちゃん、行こう」

「瑚々……」

後ろ髪を引かれる思いでいると、瑚々は「千依ちゃん」とませた口調で言ってくる。

「今から櫂くんは〝お嬢さんを僕にください〟って言うんだから、二人きりにしてあげようよ」

「瑚々！」

「だって千依ちゃん。この前、テレビでやっていたよね？」

「うう……っ」

そういえば先日、何気なしに見ていたホームドラマで結婚のお許しを得ようとする若い男女が親に対して挨拶をするシーンがあった。

そのときのことを覚えていたのだろう。

まだ何か言いたそうな瑚々の口を止めようとしたが、瑚々は櫂にピースサインをした。

「櫂くん、頑張ってね！」

そう言うと、瑚々は私の手を引っ張って病室を後にしようとする。

瑚々の言う通りなのかもしれない。ここには私はいない方がいいのだろう。

もう一度、櫂に視線を向けると、彼は深く頷いて見せてきた。

大丈夫だという彼を信じよう。その方がいい。

彼に応えるように頷いたあと、私は瑚々と一緒に病室を出た。

＊＊＊＊

二人が病室を出ると、一気に重苦しい雰囲気になる。

そのことに気がついた俺は、背筋を伸ばして千依の母に対峙した。

緊張が走る中、彼女は「ごめんなさいね」と仄かにほほ笑む。

「瑚々はちょっとませているでしょう？　母親が亡くなって、しっかりしなくちゃって気を張っているところがあるんだと思うの」

千依の母は、困ったように頬に手を置いて首を傾げる。

彼女の言う通りで、瑚々の大人びた言動には少なからず母親の死が関係しているはずだ。

頷いて同意をしたあと、彼女をまっすぐに見つめる。

「瑚々ちゃんからは、いつも千依さんのこと、そして安島さんのことを聞いています。愛情を受けて育っているのが伝わってきます」

千依の母は、驚きながらも柔らかく頬を緩ませた。

「ありがとう。そう言ってもらえて嬉しいわ」

小さく笑う表情が、千依とよく似ている。

千依の芯が強いところは、間違いなく目の前にいる母親譲りだろう。

父親は千依が幼い頃に亡くなったと聞いている。

女手一つで、姉妹を育て上げた人だ。力強さを感じる。

千依から手痛い失恋をしたことがあると聞いたときに、「母にかなり心配をかけてしまった」と言って千依はとても後悔していた。

だからこそ、千依はなかなか俺と付き合っていることを母親に言い出せなかったようだ。

また母を心配させてしまったら申し訳ない。そう思っていたと、千依は言っていた。

千依の母がこうして俺と二人きりになりたいと言ったのは、千依の失恋に少なからず関連しているのだろう。

娘が連れてきた男が、信用に値するのか。それを見極めるためだ。

厳しい視線を向けられていることには気がついている。だが、俺はどうしても理解をしてもらいたい。受け入れてもらいたい。

千依を諦めるなんて絶対にできないのだから。

緊張のために膝に置いている拳に力を込めていると、千依の母は切り出してきた。

「千依から聞いているかどうかはわかりませんが、娘は以前男性にひどく裏切られたことがあります。ですから、娘が恋をしたと聞いて嬉しい反面、心配もしてきました。でも、千依はもう一人前の大人ですからね。私はただ見守ろうと思っていました。だからあえて交際相手の経歴などは何も聞かずにいたんです」

静かな病室に、彼女の固い声が響く。

ふぅ、と息を吐き出し、俺を冷たい目で見つめた。

「もし二人がうまくいって、結婚を考えたとき。私は母親として相手の方を見極めようと思っていました。ですが……」

一呼吸置いたあと、彼女は俺に深く頭を下げたのだ。

俺は慌てて止めようとしたのだが、それを制するように強い口調が返ってきた。

「どうか千依のことを想ってくれているのならば、結婚は諦めてください」

「……っ」

思わず息を呑む。

千依の母から何か問われることはあるかもしれないと覚悟をしていたが、一方的に結婚に反対してくるとは思ってもいなかった。

内心では慌てながらも、冷静を装って感情を露にせずに問いかける。

「俺では千依さんの夫として頼りないということでしょうか？　それとも、警察官という危険が伴う仕事をしていることがネックになっていますか？」

反対されるとしたら、警察官という職業だろう。

どうしたって常に危険と隣り合わせであることは間違いない。

しかし、千依の母は首を緩く横に振る。

「立派な職業だと思います。それが理由ではありません」

「安島さん……」

気落ちした声で呟くと、彼女は再び深々と頭を下げた。

布団を掴んでいる彼女の手に力が入りすぎて、白くなっている。

それを見て、俺は視線を落とした。

沈黙が落ち、千依の母は懇願してくる。

「お願いですから、千依のことは諦めてください」

そう言うと、彼女は涙を流したのだ。

まさか泣かれるとは思っておらず、困惑してしまう。

彼女が、結婚に反対する理由が見当たらない。

それなのに一方的に退けられるのはなぜなのか。

「何か理由があるのですか？」

「正之村さん」

「理由をおっしゃっていただかないと、納得がいきません」

感情的になりそうになった。しかし、怒りや焦りを見せたところで現状がよくなるとは思えない。

拳をグッと力強く握り、歯を食いしばる。

食い下がる俺を見て、千依の母は冷たい目を向けてきた。

「貴方のことが信用できないの。それが理由です」

ますます意味がわからなくなる。

初対面同士だ。信用ができないと言われるのも仕方がない。

しかし、どの点が信用できないのかを聞かなければ引けない。

何かが足りないというのならば、それを補う努力をしたい。

そう言い募ると、彼女は不審な気持ちを隠さずに表情に表している。

「安島さん！」

彼女は背を向けてしまい、二度と俺を見ることはなかった。

彼女の肩が小刻みに震えている。

声を押し殺して泣いているのだろう。

これ以上、説得を試みたとしても好転はしない。

そう判断して、腰を上げた。

「今日は帰ります。ですが、俺は千依さんを諦めることはできません」

彼女からは、返事はない。

依然として、千依の母は背中を向けたままだ。

落胆する気持ちを押し隠し、俺は彼女に向かって深々と頭を下げた。

「また伺わせていただきます」

それだけ言うと、病室を出る。

すると、ちょうど千依と瑚々が戻ってきたところだった。

「燿さん」

こちらに駆け寄ってきた千依の表情はとても心配そうだ。

彼女を不安にさせたくなくて、気持ちを押し殺しながら唇に笑みを浮かべる。

「今日はこれで帰る。また連絡するから」

「櫂さん？」

うまくいかなかったことを察してしまったのだろう。千依の表情が曇る。

千依は手にしていたレジ袋を瑚々に手渡し「これ、おばあちゃんに渡してあげて」と言って病室へと促す。

中身はアイスクリームのようで「早くしないと溶けちゃうもんね」と言って、瑚々は慌てて病室へと入っていった。

その姿を見送ったあと、千依は再び俺に向き直る。

彼女の表情には不安の色が濃く出ていた。

「何かあったの？　母に何か言われたんですか？」

答えるのを躊躇すると、千依は縋るように俺の腕を掴んできた。

心配をかけたくなかったので本当は言いたくなかったが、いずれわかることだろう。

少しでも彼女にショックを与えないように気をつけながら、本当のことを告げる。

「結婚に反対されてしまった」

「え？」

それ以上は言葉が出てこないようだ。

今にも泣き出しそうな表情を和らげたくて、俺は手を伸ばして彼女の頬に触れた。

「大丈夫だ。千依は心配しなくていい」

「燿さん」

「絶対に千依のお母さんに認めてもらえるように頑張るから。だから、心配するな」

何度も大丈夫だと言ったあと、それでも何か言いたげな千依を残して病室を立ち去る。

――絶対にこれで終わらせない。

足早に病院を去りながらも、考えるのは千依の母とのやり取りだ。

何が彼女の不安を煽っているのか。どうして俺は信頼してもらえないのか。

色々と考えるのだが、明確な理由が見えてこない。

これから千依の母と何度も会って、少しずつでも反対する理由を手に入れなければならないだろう。

病院ロビーを抜けて外に出る。そして、千依たちがいる病室を見上げた。

「絶対に諦めない」

俺は千依と別れるつもりはない。彼女と一生一緒に生きていくと決めたのだから。

＊　＊　＊　＊

「燿さん……」

彼の背中は落胆に満ちていて、見ているのが辛い。

彼を見送ったあと、どうしてこんなことになってしまったのかと困惑する。

母はどうして結婚に反対したのだろうか。

思い悩みながら病室へと入ると、母は瑚々と一緒になってアイスクリームを楽しげに食べていた。

本当は問いただしたいところだが、瑚々の手前それは止めておいた方がいいだろう。

私が何か言いたげなことに、母は気がついている。

だけれどあえて口に出さないのは、やはり瑚々には聞かせたくない内容だからなのだろう。

今日はこのまま帰った方がいいかもしれない。

後日、瑚々がいないときに改めて母に詳しいことを聞いた方がいいだろう。

アイスを食べ終えたのを見て、洗濯物を入れたバッグを肩にかけた。

「お母さん、私たちは家に帰るわね」

「ええ。気をつけて帰ってね」

いつものように笑顔を向けてくる。しかし、母の顔色はやはり優れなかった。

その日の夜、櫂から電話があった。

あのあと母に反対の理由を聞きたかったけれど、瑚々がいたため聞くのを躊躇《ためら》ったことを正直に伝える。

電話口の櫂は『そうか』と小さく呟いた。

彼の声が沈んでいることに気がつき、申し訳ない気持ちでいっぱいになる。

どうして母は私たちの結婚に反対してきたのだろう。

今日、病室で二人きりになったとき、どんなやり取りがあったのか。

それを知りたいのに、「とにかく俺に任せておいてくれ」としか櫂は言ってくれない。

優しい彼のことだ。私に心配をかけないように気遣ってくれているのだろう。

詳しいことを私に話したら、母と私の関係が悪くなるかもしれない。

そんなふうに危惧しているのだと思う。

「とにかく一度お母さんに詳しい話を聞いてみて、櫂さんに連絡をしますね」

『ああ、頼む』

櫂もどうして結婚を許してもらえないのか、心当たりがないようだ。

翌日、半休を使い、瑚々を保育園に送っていった足で病院へと向かう。

ノックをして病室に入ると、母は窓の外を眺めていた。

その背中に向かって声をかける。

「おはよう、お母さん」

ベッドの側にある椅子に腰を掛けると、母はようやくこちらを見て「昨日はごめんなさいね」と謝ってきた。

だが、その表情は憂いに満ちていて、こちらの胸が痛くなるほどだ。

結婚に反対した理由。重大な何かが隠されているというのか。

母は結婚を喜んでくれていたはず。それは間違いない。

それなら、どうして急に考えを変えたのか。それが気がかりだ。

私は櫂のことを愛している。一生ずっと一緒にいたい。生きていきたいと思っている。

そのためには、家族からの祝福は必要不可欠だ。

母が意気消沈しているのを見ると心配になるが、それでも母が櫂のどこが気に食わないのか。その辺りを聞かなければならない。

少しの沈黙のあと。口を開いたのは母の方だった。

「あの人との結婚は止めた方がいい」

再度、反対してくる。どうやら母の考えは変わらないようだ。

どうしてそんな考えになってしまったのだろうか。

それが知りたかった私は、母の手をギュッと握りしめる。

「ねぇ、お母さん。どうして？　何か理由があるの？」

母は何も言わず、ただ唇を噛みしめているのみだ。

その横顔は悲しげで聞くのも躊躇ってしまうほどだ。

だが、私には結婚に反対する理由を聞く権利があるだろう。

気持ちを強く持ち、母に問いかける。

「櫂さんが警察官という、危険と隣り合わせの大変な仕事についているから結婚に反対しているの？　それがダメなの？」

「違うわ」

そう言ってゆるゆると首を横に振る。

それなら何が原因で、母は結婚に反対しているのだろうか。

ジッと見つめ続けていると、母は困り切った表情を浮かべた。

「千依から彼のフルネームを初めて聞いたとき。すごくイヤな予感がしたのよ。聞き覚えのある名字だったから」

「え？」

「それでも、違っているはずだと思って、彼に会うことを決めた」

「お母さん……？」

「でも、やっぱり……正之村さんに会う前に、千依から色々と聞いておくべきだった」

吐き捨てるように言う母を見て、胸がドクンと大きな音を立てる。

何も言えずにいる私に視線を向け、母はポツリと呟いた。

「もしかしたら、瑚々の父親かもしれない」

「え……？」

母の言葉を聞いて、最初は耳を疑った。

そんなはずはないし、どうしてそんな考えに至ったのか。

身体から力が抜けていくのがわかる。

心臓がイヤな音を立て、その心音が大きくなればなるほど不安が煽られていく。

何を言っているの、と笑い飛ばしたかった。

しかし、母の顔はますます険しくなっていく。

冗談を言っているのではないというのが、いやでも伝わってくる。

「どういうことなの？　お母さん」

「千依」

「そんなはずないわ。確かに瑚々の父親はわからないままだけど、そんなこと――」

あるはずがない。そう言いたかったが、不安で押しつぶされそうになって言えなくなってしまった。

黙りこくってしまった私を見て、母は沈痛な面持ちになる。

「覚えている？　芹奈と仲が良かった、橋本《はしもと》さん」

「うん、覚えているよ」

姉と同じ秘書課勤務で、姉の会話の中によく出てきた人物の名前だ。

姉の後輩で仲が良かったことを思い出す。

小さく頷くと、母は言いづらそうに話し出す。

「芹奈のお葬式のとき、以前勤めていた会社の秘書課だった人たちと橋本さんが話しているのを聞いちゃったのよ」

ドクドクと心臓が不安で悲鳴を上げる。

だが、この話はきちんと聞かなければならないだろう。

心の痛みに耐えられるよう、ギュッと拳を握る。

「あの子、警察官と付き合っていたらしいの」

「それだけで、櫂さんが瑚々の父親なんて断定はできないよ？」

嘘であったらどんなにいいだろうか。

そんな希望を込めたが、母は私を見てますます辛そうな表情になる。

「〝ショウノムラ〟さんっていう方らしいわよ。口頭だったから、どんな漢字を書くのかわからないけれど」

「それなら、まだ櫂さんが瑚々の父親だって確定した訳じゃないよね？」

「ええ、そうね。だけど、芹奈が妊娠した頃に付き合っていたのは、間違いなく警察官のショウノムラという男性。それにショウノムラさんって、この辺りではあまり聞かない名字じゃない？」

「そうかもしれないけど……。でも、それだけで櫂さんを疑うなんて酷いよ、お母さん」

「疑う、というか……。私だってね、千依。信じていたいわ」

「お母さん」

「でも、どんどん不安になっていくのよ。貴女がまた男性に裏切られたりでもしたら、今度こそどうなってしまうかわからない。千依を傷つける要素が少しでも見える男性と貴女を近づけさせたくないのよ……っ」

顔を覆って気持ちを曝け出す母を見て、申し訳ない気持ちになる。

数年前の失恋で傷ついたのは、私だけではない。母もまた犠牲になってしまったのだ。

私はどうしようもない不安と闘いながら、勢いよく椅子から立ち上がった。

「櫂さんに限ってそんな無責任なことはしない。仮に瑚々の父親だったとしても、お姉ちゃん一人に産ませるなんてそんなことしない！」

病室だということを忘れて大きな声を出してしまった。

ハッと我に返って、途中で声のトーンを下げる。

涙を滲ませながら訴えると、母はそれでも冷静な様子で息を吐き出す。

「正之村さんが誠実な人だとして……。でも、もし芹奈が何も言わずに別れを告げていたとしたら？」

「え？」

「瑚々の存在を知らなかったということだってあり得るのではないかしら？」

ゾクッと悪寒が走った。

ギュッと自分で身体を抱きしめて、震えを止めようと必死になる。

母は淡々とした声で続けた。

「芹奈と付き合っていたことを隠して、千依と付き合っている。そういう可能性だってあるわ」

「お母さん」

「千依と出会って、我が家の家庭事情を知って……。瑚々が自分の子どもかもしれないと思い始めているかもしれない。そして、罪の意識から瑚々を育てようと考えた。だけど、それを証明してくれる人はもういない。でも、可能性があるとわかっている以上、放置することもできなくて千依と結婚するのが一番だと――」

「止めて！」

もう聞きたくはなかった。

耳を押さえて首を横に振ると、母は肩を落とす。

「すべて私の想像ではあるわ。だって、瑚々の父親は芹奈しか知らないことだし。でも、瑚々の父親が正之村さんではないとも言い切れない以上、結婚を許すわけにはいかない」

「お母さん」

「私はもう、これ以上千依に傷ついてもらいたくないの。今ならまだ間に合う。結婚してからでは遅いのよ」

「……っ」

「芹奈は最後の最後まで瑚々の父親について話さなかった。それは、その男と関わりたくないと思ったから。瑚々に関わらせたくなかったからだと思う。だから、父親かもしれない正之村さんと結婚することは絶対に許せない。結婚を許して、万が一、正之村さんが瑚々の父親だとあとでわかったら……」

首を激しく横に振ったあと、母は私に縋り付くような目を向けてきた。

「芹奈と千依は、大事な娘よ。絶対に傷ついて欲しくないのよ」

わかるわね、と諭《さと》すように言ってくる。

だが、わからない。わかりたくもない。

「でもそれってお母さんの想像だよね？」

「そう、ね……。その通りだわ」

歯切れ悪く頷く母を、涙目で見つめる。

「本当に櫂さんがお姉ちゃんと付き合っていたのか、きちんと確かめてから決断するから」

それだけ言うと、病室を飛び出た。

頭と心はごちゃごちゃになってしまって、ただ不安だけが募っていく。

嘘だと信じたい。櫂に限って、そんな酷いことをするはずがない。

そう思いながらも、頭の片隅では最悪な事態ばかり考えてしまう。

仕事を終えて瑚々を保育園に迎えに行ったあと、すぐさま仏壇の戸棚を開く。

そこには姉の葬儀の際に作成した芳名帳があったはずだ。

「これだ……！」

戸棚の奥にあった芳名帳を取り出してパラパラとめくっていくと、姉が妊娠まで勤めていた会社の同僚たちの名前が続いて書かれてある。

そこには橋本の名前と連絡先が記入されていた。

葬儀の日、彼女は姉の棺の前で泣きじゃくっていたことを思い出す。

「大好きな先輩だったんです」

そう言って真っ赤な目で話していたのが、印象深かった。

深呼吸をしたあと、橋本に電話をかけてみることにする。

事情を説明すると、彼女はすぐに会うことを快諾してくれた。

姉の元勤め先と、私の勤務先は一駅分ぐらいの距離だ。

ちょうど真ん中辺りの喫茶店で待ち合わせをすることになった。

次の日の昼休憩、私は待ち合わせ場所として指定した喫茶店に入ると、見覚えのある女性が奥まった席に座っているのが見える。

葬儀のときに、受付を手伝ってくれた女性、橋本だった。

今日のお礼を言って、すぐに本題に入る。

「芹奈さんの交際相手のことでしたよね？」

「はい」

注文していたコーヒーを店員が置いて立ち去ったあと、橋本は切り出した。

彼女は記憶を紐解くように考えながら口を開く。

「かなり前の話だからうろ覚えのところもありますけど……。一時、警察が社内に出入りしている時期がありまして」

「警察が……ですか」

「ええ。犯人が捕まったことで知ったのですけど、どうやら社内に連続暴行事件の犯人が勤めていたらしくて。それで、警察が内偵捜査をしていたらしいんです」

なんでも上層部の限られた人間しか捜査をしていることは知らされていなかったら

しいのだけど、その犯人を現行犯逮捕する瞬間を彼女はたまたま目撃したという。

「そのとき犯人を取り押さえたのが、正之村さんだったんです。その数日後に芹奈さんから婚約者だって紹介されたからビックリして……」

「婚約者……」

「ええ。あれは……、秘書課の懇親会だったと思います。芹奈さんを迎えに来たのが、正之村さんだったんです。その場には上司もいたし、上層部の人間も何人かいたはず。そこで堂々と近々結婚をする予定だって芹奈さんは言っていました。だから、急な退社も彼の仕事の関係で辞めざるを得なかったのねって納得していたんです。でも、いつまで経っても結婚したと連絡は来ないし。正之村さんとは破局を迎えてしまったのかなぁって秘書課の皆で話していたんです」

その話を聞いて、心臓がざわつき始める。

でも、まだわからない。

同姓の警察官だっているはずだ。私の知らない、全くの他人という可能性だって捨てきれないだろう。

意を決してスマホを取り出して写真フォルダをタップすると、櫂の写真を彼女に見せた。

「正之村さんって、この方ですか？」

橋本はスマホを覗き込むと、「多分、この人だと思います」と大きく頷いた。

「私も数回しか会ったことがないから、間違っていたらごめんなさい。でも、この男らしい雰囲気とか、がたいの良さは正之村さんだと思う」

頭が真っ白になり、彼女の声がだんだんと遠くなっていく。

ドクドクと心音がイヤな音を立て、私をどんどんと不安へと押し上げた。

苦しくて、泣きたくなった。

母が言っていたことは間違いだと思っていたからこそ、櫂の無実の罪を晴らそうと必死になったのに……。

結局は、母が危惧していた通りだったのか。

落胆しすぎて、身体が重く感じられる。

そのあとはどうやって店を出たのか思い出せなかった。

やはり、姉と櫂は昔付き合っていたのか。

でも、破局を迎えてしまったから、姉はお腹に子どもがいることを告げられなかった……？

考えたくなかった。何もかもが夢で現実ではないんだ。そんなふうに逃げ出したくなる。

櫂が姉の元彼、そして瑚々の父親かもしれない。

その可能性は高くなった。いや、彼が瑚々の父親で間違いないのだろう。

憶測でしかないが、櫂は姉が自分の子どもを身ごもったことを知らなかったはずだ。

彼のことだ。もし、わかっていたら、別れるなんてことはしなかっただろう。

姉との関係修復ができなかったとしても、何かしらの援助やサポートを申し出たはずだ。彼はそういう人だから。

縁がすっかり切れてしまった元恋人の妹だと知らずに恋に落ちたあと、その妹の姉が元恋人だと知った。

しかし、元恋人はすでに亡くなっており、そして彼女には一人娘がいた。

その一人娘である瑚々の年齢を考えると、ちょうど付き合っていた頃と合致していることに気がついたはずだ。

瑚々は自分の子どもではないか。自然とそんな考えに辿《たど》りついたに違いない。

そのあとは考えたくもなかった。

涙が零れ落ちてきそうになったので、慌てて空を見上げる。

私の心とは打って変わり、青空が広がっていた。

鰯雲《いわし》や飛行機雲とのコントラストがとても綺麗だ。

「私と結婚すれば、自分の子どもを引き取れる。そう思ったの？　櫂さん」

口に出してしまったら、考えないようにしていた悪い考えが押し寄せてきてしまった。

姉に一人で産ませてしまった罪悪感。その償いとして、瑚々を引き取りたいと考えているのだとしたら……？

姉は瑚々の父親について誰にも話さずに逝ってしまった。

そのことを櫂に話したことがある。

彼はそれを聞いて、今自分が瑚々の父親だと名乗り出たとしても信じてもらえないだろうと思ったはずだ。

それならば、千依と結婚してしまおう。そうすれば、姉への罪滅ぼしもできて、一人娘の養育も可能になる。

そんなふうに考えていたとしたら……？

——そんなはずない。櫂さんに限って、そんなこと……。

首を弱々しく横に振る。しかし、どうしたって懸念は消えてはくれない。

彼を信じていたいという気持ちはあるし、こんなふうに疑う気持ちが自分にあること自体がとてもイヤだ。

だけど、動かぬ証拠を突きつけられてしまった今、彼を庇うことはできそうにもない。

今はまだ他人からの話を聞いただけ。もしかしたら、どれも勘違いという可能性だって捨てきれないだろう。

まずは櫂に聞いて、彼の口から真実を語ってもらわなければならない。

わかっているけれど、それができそうにもなかった。

「どうしよう……」

思わず口から飛び出した言葉。それが、現在の私の率直な気持ちだ。

どうしたらいいのか、全くわからない。

とにかく怖いのだ。もし、母や橋本が言っていたことが真実だったら、その事実を私は受け止めることができるだろうか。

もし、櫂が姉の元恋人であり、瑚々の父親だった場合、私は彼とは別れる選択をしなければならない。

姉を一人で母親にした男のことを、私はずっと恨んでいた。

その人物が櫂だったとしたら、どんな選択をすればいいのだろうか。

頭の中がごちゃごちゃで、今は何を言われても信じられそうにもない。

心は疑心暗鬼になり、何もかもを投げ出したくなってしまう。

それでも日常はやってくるし、現実は待っていてはくれない。

まだ、ここから午後の仕事は残っているし、終わり次第保育園へ瑚々を迎えに行かなければならないのだ。

へこたれている時間は、私にはない。

弱々しくなっている心を奮い立たせ、会社へと向かって一歩を踏み出す。

すると、スマホが着信音と共にブルルと震えた。

バッグから取り出してスマホを確認する。

メッセージを送信してきた相手の名前を見て視界が滲む。櫂からだった。

『仕事お疲れさま。今日の夜、連絡してもいいか?』

母に事情を聞いてから連絡をする。そう伝えてあったので、彼も気になってその後の進捗が聞きたいのだろう。

だが、今の自分では冷静に彼と話をするなんてできない。

「ごめんね、櫂さん」

申し訳ないと思いつつも、既読スルーをしてスマホをバッグに突っ込む。

今、彼と話をしたら、支離滅裂《しりめつれつ》な事を口走りそうで怖かった。

しかし、その後も彼からは何度も連絡が来る。

知らぬふりをし続けていたが、そろそろ限界だろうか。

早く現実を受け入れた方がいい。そう思いながらも怖くて仕方がない。

ここ数日、私の様子を間近で見ていた好美はとても心配してくれた。

彼女の様子を見る限り、燿は好美に何も話していないのだろう。

好美なら、燿の元恋人のことを何か知っているかもしれない。

そう思ったが、やはり怖くて聞くことはできなかった。

スマホを確認すると、無視をし続けている彼からのメッセージと着信が何件も連なっている。

それらの数が増えていくたびに、非難されているように感じて気が滅入《めい》った。

これ以上、逃げていても仕方がない。

私は意を決してメッセージを送ることにした。

『ずっと連絡ができなくてごめんなさい。申し訳ないのですが、結婚は考え直したいと思っています。また、考えが纏まったら連絡します』

それだけ送ったあと、メッセージアプリをブロックして着信も拒否設定にした。

「ごめんね、櫂さん」

現実に立ち向かえる勇気が出たとき、櫂と話し合いの場を設けようと心に決める。

こんなメッセージだけで逃げるように連絡が途絶えてしまったら、彼は私に直接会いに来るかもしれない
だけど、もう少しだけ時間が欲しいと願ってしまう。

現実にあらがえなくて恋を終わらせなければならないかもしれないのだから。

フラッシュバックのように、過去の恋愛が脳裏に過る。

嘘をつかれ、最後には不要品を捨てるようにして去って行ったあの男……。

あのときの恋愛のように、私はまた愛している人に裏切られてしまうのだろうか。

そう思う反面、櫂は私をひどく傷つけて捨てた男とは違う。そう思いたい自分がいる。

ごめんなさい、と何度も呟く。

彼に届かないことはわかっているが、何度も何度も涙を流しながら呟いた。

5

——こんなメッセージ一つで納得ができる訳がないだろう。

今し方送られてきた千依からのメッセージを見て、悲しさと憤《いきどお》りを感じる。

あの日、彼女の母のお見舞いに行ったとき、結婚に反対されてしまった。

正之村さんのことを信用できない。そんなふうに彼女は言っていたが、その理由は告げられず口を閉ざしたままだった。

残念ながら自分では、すべてを話してくれないだろう。そう思ったからこそ、千依に任せようと思っていた。しかし……。

もっと早くに彼女の異変を感じて、行動に移していればよかった。

そんな後悔が押し寄せてくる。

千依は、母親にどんな話を聞いたのだろうか。

彼女からのメッセージを見る限り、何か俺に関して良からぬ誤解をしているはず。

そう考えるのが妥当だろう。

だが、その〝良からぬ誤解〟というものの見当が全くつかず、こんな事態になっていることに困惑を隠しきれないのだ。

今週の土曜日、仕事は休みが取れた。

おそらく彼女の母は今もまだあの病院に入院をしているだろう。

そして、千依のことだ。会社が休みのときは、必ず母親の下に顔を出しているはず。

うまくいけば、千依にも会うことが可能かもしれない。

彼女に会って事情を説明してもらってから、千依の母に会った方がいいのかもしれない。

そう思うが、きっとこんな状況では千依は俺に会ってはくれないだろう。

それならば、今回の件について鍵を握っている人物、千依の母に直接会って話を聞いた方が早い。

千依に対して俺の存在が害だと考えているのならば、千依の母は二度と千依に会わないでくれと懇願してくるはずだ。

しかし、それでも反対される理由を聞かない限りは諦めないとこちらが強く願えば、教えてくれると睨んでいる。

教えなければ、俺は千依に直接会おうとするかもしれない。

それを避けるためならば、自分が話すと千依の母は思ってくれるだろう。

はやる気持ちを抑えながら迎えた土曜日。

俺は千依の母が入院している病室へと向かった。

扉をノックしようとするのだが、なかなか勇気が出ない。

こんなに緊張するなんてこと、今までになかったように思う。

それでも千依の母と対峙しなければならない。

そうしなければ、千依と一緒に未来を歩むことはできなくなってしまうのだから。

覚悟を決めてノックをすると、中から声がした。千依の声だ。

ゆっくりと扉を開いて中に入ると、俺の顔を見た千依の顔が明らかに青ざめた。

どうしてそんな顔をするのか。

声をかけたかった。だが、どんな言葉をかけていいのか思い浮かばない。

明らかに俺を拒絶している千依を見て、ショックを受けてしまった。

それでも彼女と話がしたい。そう思って近づこうとしたのだけど、彼女は尻込みする。

千依は泣き出しそうなか細い声でお願いをしてきた。

「少し時間が欲しい。そうメッセージで伝えたはずです。ごめんなさい。まだ、櫂さんには会えません」

そう言うと、瑚々の手を引っ張って病室を出て行ってしまった。

あの様子は尋常ではない。

彼女を苦しめているのがなんなのか。それを知りたくて追いかけようとすると、千依の母に引き留められた。

「正之村さん。お願いですから、千依を追わないでください」

「ですが！」

思わず大きな声が出てしまう。

すると、彼女は「お願いだから」と絞り出すように声を出した。

「お願いだから、千依をこれ以上苦しめないであげて！」

悲痛な声を聞き、何も言うことができなくて口を噤《つぐ》む。

病室に沈黙が落ちると、彼女は重い口を開いた。

「千依は前の彼氏に裏切られて、ボロボロになってしまったの。だから、もう二度と恋はできないかもしれないって諦めていたのよ。だから、あの子から付き合っている男性がいると聞いたときは嬉しかった。だけど、同時に不安でもあったのよ」

彼女は俺の目をジッと見つめてくる。

苦しそうに顔を歪める様子を見て、胸が詰まった。

「また裏切られたらどうしよう。今度同じことが起きたら、千依は壊れてしまう。そんな心配をずっとずっとしていたのよ……」

涙をポロリと流した彼女は、手のひらに視線を落とす。

その手は小刻みに震えていた。

「私がもっと早くに千依から貴方のことを聞いておけばよかった……っ。そうすれば、傷が深くなる前に貴方という男の正体を知ることができたのに」

「え？」

どういう意味だろうか。

口を挟もうとしたが、彼女は涙ながらに自分を責め続ける。

「久しぶりの恋を喜ぶ千依を見ていたら、相手のことを聞けなかったのよ。前に恋人に裏切られたときに、あの子ったら私のことを気遣って〝応援してくれていたのに、うまくいかなくてごめんね〟なんて言ったのよ。自分が辛くて堪らないはずなのに」

ついには顔を覆って、肩を震わせ始めた。

何も言えずにただ立ち尽くしている俺に、千依の母は訴えてくる。

「あの子は自分のことより、人のことを考えてしまう。そういう優しい子なの。だから、今回の恋がダメになったとしても私に気を遣わないようにと思って、相手のことを何も聞かないようにしていた……だけど」

顔を覆っていた手を外し、鋭い目で俺を睨み付けてきた。

「聞いておけばよかった。そうすれば、貴方を千依に近づけさせなかったのに」

彼女の目には憤りと恨みが込められている。

しかし、俺にしてみたらどうしてこんなふうに言われることになったのか、わからない。

とにかく理由を知りたかった。

千依を裏切るようなことは一切していない。自信を持って言える。

だからこそ、一方的に意味がわからないことを訴えられても戸惑ってしまう。

「安島さん。俺にはなんのことなのか、さっぱりわかりません。俺は彼女を裏切るようなことはしません！　恥じるようなことは一切していないと断言できます」

強く言い切ったのだが、彼女は俺に背を向けたまま何も答えてくれない。

だが、俺はここで負けるわけにはいかないのだ。

千依と一生一緒にいたい。彼女を手放したくなんてない。離れたくなんてない。

千依と出会った頃から一貫して思っていることだ。

だからこそ、納得できる答えを聞かない限りは諦められない。

いや、どんな理由があったとしても諦めない。

絶対に理由を聞き出してやる。そんな気持ちで彼女の背中に問いかける。

「安島さん。初めてご挨拶に伺ったとき、俺の職業を聞いて顔を青ざめさせていましたよね？　そこに何か理由があるというのですか？」

ピクッと彼女の身体が震える。

それを見て、俺は畳みかけるように話を続けた。

「警察官という職業が気に入らない。そういうことではないとおっしゃっていましたが、実はそこがネックとか——」

「そうじゃありません！」

すべてを言う前に、彼女の発言によって止められた。

千依の母は首をフルフルと横に振って、「そうではないの」ともう一度念押しのように言ってくる。

「確かに危険が常に伴うお仕事だと思っています。でも、立派なお仕事です。気に入らないなんてことは決してないです」

強く言い切った。だが、それでは何が原因で結婚に反対されてしまっているのだろうか。ますます謎が深まる。

では、名字が問題だというのか。

〝正之村〟という姓に、何か因縁《いんねん》があるのだろうか。

そんな疑問を抱いていると、彼女はこちらを見上げてどこか試すような表情になる。

「あの子の姉、安島芹奈と知り合いではないのですか？」

「え？」

千依からは事故で亡くなったと聞いているが、今まで彼女の姉とは接点はないと思う。

素直に「お会いしたことはありません」と言ったのだけれど、彼女は小さく息を吐き出しただけ。

それ以上は何も言わず、視線を落とした。

「……これ以上、お話しすることはありません。お引き取りを」

「安島さん！」

「もう、千依には近づかないでください」

「待ってください！　俺は千依さんのお姉さんには一度も会ったことはないです。信じてください」

引き留めようとしたのだけど、彼女は激しく首を横に振って拒否をしてくる。

「お願いだから、あの子を悲しませないで。これ以上、苦しめたくないの……っ！」

心からの叫びに聞こえ、それ以上は何も言えなかった。

重苦しい空気に包まれた病室に、看護師が入ってくる。

「安島さん、今からリハビリに行きますよ」

「はい」

そこで話は中断され、看護師が持ってきた車椅子に乗って、そのまま俺の横を通り過ぎて行ってしまった。

――一体、どういうことだ？

病室に一人残されてしまい、力なく廊下へと出る。

すでにそこには千依の母の姿は見えず、堪えていたため息が零れ落ちた。

足取り重く病院を出て振り返り、千依の母の病室辺りを見上げる。

彼女の口からは千依の姉である芹奈の名前が出てきた。

どうやら芹奈と俺の間に何かがあったのではないか。

そんなふうに疑っている様子だった。

でも、あれだけ強く非難してくるのは、確固たる証拠が彼女たちの下にあるということなのだろう。

だが、俺に言わせてもらえば、完全なる濡れ衣だ。

俺は千依に出会うまで安島芹奈という女性の名前も知らなければ、会ったこともなかった。

千依と彼女の母は、何か勘違いをしているのだろう。

それならば、今一度弁解の場を設けさせてもらわなければならない。

どうして正之村という名字を聞いて反対をしてきたのか。

その辺りをもう一度彼女たちの口から聞く必要がありそうだ。

あの調子では、なかなか俺の話に耳を傾けてはくれないだろう。

でも、諦めるつもりは毛頭ない。

ギュッと拳を作り、踵を返す。こうなったら何がなんでも話を聞いてもらおう。

そのためには、何度も説得を試みるべきだ。

唇をキュッと固く結んだあと、振り返ることなく病院を後にした。

＊＊＊＊

入院して二週間後、母は退院をすることができた。

しかし、母が営んでいる喫茶店は休業を余儀なくされている。

まだギプスを外すことができず、松葉杖や車椅子が必要だからだ。

店を長らく閉めているのは心苦しいようだが、これぱっかりは仕方がない。

母を手伝ってくれている丸川が店を開けてくれると言っていたが、一人ではやはり大変だ。

骨休めだと思って、少しの間休業にしようと二人で決めたらしい。

なかなか自由が利かない身体ではあるのだが、幸い我が家は数年前にリフォームをしてバリアフリーにしてある。

そのため、車椅子での移動も可能なので助かっていた。

ご飯の支度だけをしていけば、母は日中一人でも過ごせる状態だ。

仕事をあまり休むことができないので、最低限の生活ができている母を見て安堵しているところでもある。

しかし、心はやはり落ち着いてはくれない。

私が一方的なメッセージを送って以降、櫂は必死そのものだと言ってもいいだろう。

母が入院しているときにも、何度も見舞いにやって来ていたようなのだ。

ちょうど私が仕事でいないときだったので彼には会わずじまいだったが、時間さえあれば顔を出していたという。

耀の仕事はとても大変で、プライベートの時間を捻出するのが困難だということはよく知っている。

そんな忙しい立場なのに、母の下へと足を運び説得し続けたというのだ。

その間、母は無言を貫いたようだが、何度も絆《ほだ》されそうになったと言っていた。

母が退院して一週間が経過した訳だが、母の話の通り、耀は何度もこの家に足を運んでいる。

すでに三回は我が家に来ているだろう。

とはいえ、私としてはどうしても会いたくなかったので、すべて母が対応してくれているのだけど……。

そのたびに彼に見つからないように隠れて聞いていたが、あまりの熱心さに胸を打たれてしまっていた。

昨日は土下座をしそうな勢いで「話を聞いて欲しい」と訴え、何度も何度も頭を下げていた。

その姿を見て、胸が締め付けられるほどの痛みを感じたのだ。

彼がこんなに必死になって「違う」と言ってノーを突きつけているのだから、耀といて本当にいいのだろうか。

姉は無関係なのかもしれない。

そんなふうに戸惑いが生まれてきた。

やはり一度きちんと櫂と向き合うべきなのかもしれない。

現実を突きつけられるのが怖くて逃げてしまっていたが、他人の言葉ばかり信じていて本当にいいのだろうか。

そんな迷いが常に付きまとっている。

櫂が姉と付き合っていたのか。瑚々は彼の子どもなのか。

しっかりと確かめて受け入れた方がいい。

もし櫂の主張通りで姉との接点は皆無だったとしたら、彼には多大な迷惑をかけていることになる。

櫂のことを愛している。だからこそ、真実を知るのが怖かった。

でも、そろそろ気持ちを整理して受け止めるべきだろう。

食後のお茶を飲んでいると、瑚々がこちらをジッと見つめてきた。

「どうしたの？　瑚々」

「ううん、なんでもない」

ここ最近、瑚々は何か言いたげにしている。だが、聞いても言葉を濁すのみ。

きちんと瑚々と話した方がいいだろう。そう思って声をかけようとしたときだ。

今夜もまた、櫂が我が家にやってきた。

「私が出るわ。瑚々は二階に上がっていなさい」

「うん、わかった」

瑚々が二階へと上がっていったのを見届けたあと、母が玄関へと向かっていく。

その姿を見送ってすぐ、玄関先から声が聞こえてきた。

櫂が母に「話をもう一度聞いて欲しい」と懇願し始める。

何度も「芹奈さんとは会ったことはない」と主張をした。

「もしかして、瑚々ちゃんの父親が俺だと疑っているのでしょうか?」

姉と知り合いではないか、と問われたことで彼なりに結婚に反対する理由を導き出したのだろう。

母に「俺ではありません」とはっきりと言っているのが聞こえてくる。

彼の姿が見たくて、ソッと扉の陰で息を潜《ひそ》めた。

すると、私が扉の陰に隠れているのに気がついたのだろう。櫂はこちらに向かって声をかけてきた。

「千依。俺は君が好きだ。君としか未来を歩きたくない!」

胸を打つ。彼の必死な声を聞いて、泣きたくなってきた。

彼を信じたいという気持ちと本当に信じてもいいのかと疑う気持ちが鬩《せめ》ぎ合う。

ギュッと両手を握りしめ、そんな葛藤を心の中で繰り返す。

すると、タタタと瑚々の足音が聞こえてきた。

「ちょ、ちょっと！　瑚々!?」

瑚々は二階へ行っていたはずなのに、どうやら下りてきてしまったようだ。

櫂が来ても会わせないようにしていたが、頻繁に彼がやってきて家の中が不穏な空気に包まれるのである。

瑚々だって、何か問題が起きているのだと薄々気がつくだろう。

彼女は私の顔を見上げて、ジッと見つめてくる。

それに気がついて、慌てて目尻に浮かんだ涙を手の甲で拭った。

すると、瑚々は「千依ちゃん、泣かないで」と悲しそうに呟いてくる。

慰めてくれているのだろう。

彼女の優しさに触れて、再び泣きたくなってきた。

唇を噛みしめて泣くのを我慢していると、瑚々は玄関へと向かっていく。

慌てて止めようとしたのだけど、瑚々は玄関にいる母と櫂の間に立ち塞がった。

母も瑚々に「向こうに行っていなさい」と注意をしたのだけど、瑚々は母の言うことを聞かずに首を大きく横に振る。

「おばあちゃん。櫂くんは私のパパじゃないよ！　私のパパは〝あつき〟だって。ママが言っていた」

衝撃的な発言を聞き、大人たちは誰もが言葉を失う。

しかし、すぐに我に返って瑚々に問いかける。

「瑚々、どういうこと……？　ママから何か聞いていたの？　嘘じゃなくて？」

先程の櫂の発言を聞いてしまったのだろう。

櫂が可哀想になり、瑚々が嘘を言っている可能性だってある。

母も同じように思ったようだ。

瑚々に「本当なの？」と問いかけると、彼女はプクリとそのかわいらしい頬を大きく膨らませた。

「嘘じゃないよ。私の大好きなアニメの主人公と同じ名前だって、ママが言っていた！　だから、櫂くんは私のパパじゃない！　だって、パパは大きな会社の社長なんだって。おまわりさんじゃないよ？」

それを聞いて思い出す。

瑚々が好きなアニメのヒーローは〝あつき〟という名前だ。

一同呆然としていると、瑚々はどこか得意げに胸をそらす。

「私を狙う悪い人たちが現れたときにだけ、千依ちゃんにパパの名前を言いなさいってママに言われていたけど。千依ちゃんと櫂くんのピンチだから言ってもいいよね？」

今こそ言うべきだと思ったのだろう。瑚々は自信満々な様子だ。

好きなアニメのヒーローだったからこそ、瑚々は姉から聞いた父親の名前を覚えていたのだろう。

それに父親の職業まで言っているあたり、真実味が増してくる。

瑚々は私の下へとやって来て、ギュッとお腹に抱きついてきた。

「千依ちゃん。櫂くんは瑚々のパパじゃないよ？　だから、大丈夫だよ」

「瑚々……」

目をキラキラさせて私を見つめてくる瑚々が愛らしい。私はしゃがみこんで彼女をギュッと抱きしめた。

よしよしと私の頭を撫でて、瑚々は「これで千依ちゃんと櫂くんは仲直りだね！ああ良かった！」

ホッと息を吐き出すと、瑚々は鼻歌交じりでリビングへと行く。そして、テレビをつけてアニメを見始めた。

自分の役目は終えたと言わんばかりの瑚々を見たあと、リビングの扉を閉める。

そして、玄関先にいる櫂に視線を向けた。

瑚々の証言だけでは、まだなんとも言えない。

だけど、瑚々が言ったことすべてが真実なのだと信じたかった。

涙で滲む視界に櫂を見つける。縋るように、私は彼に懇願した。

「櫂さん……。お姉ちゃんと付き合ったことはないの？　本当なの？」

声を震わせながら言うと、彼は深く頷いた。

「もちろんだ。俺は千依のお姉さんとは面識がない」

まっすぐに私を見つめる彼の目に嘘はない。

クシャッと顔を歪ませると、彼は優しい口調で聞いてくる。

「千依、どうして俺が瑚々の父親だと疑ったのか。その辺りを詳しく聞かせてくれないか」

懇願するように私を見つめる彼の目はとても真摯だ。

そのまっすぐな目に促されるように、私はポツリポツリとこれまでのことを話していく。

静かに聞いていた櫂だったが、すべてを聞き終えたときに何か思い当たったのか。

重苦しい息を吐き出した。

「おそらくなんだけど……。それは俺の兄貴かもしれない」

「お兄さん……？」

「話したことがあるだろう？　うちは三兄妹で、俺は次男だ。長男の兄も警察官になっている。当時の連続暴行事件のことは俺も覚えているし、そのときの内偵捜査に兄が一枚噛んでいたはず」

親指と人差し指で顎に触れながら、私たちに問いかけてきた。

「芹奈さんの出身大学はどこですか？」

「大学ですか？」

姉の卒業した大学名を言うと、彼は「やっぱり」と何か確信したように頷く。

「うちの兄も同じ大学卒業です。それも同じ年齢だったと考えると、顔見知りという可能性が出てくる」

「櫂さんのお兄さんとお姉ちゃんが？」

驚いて目を見開くと、櫂は頭を抱え込んでしまった。

「うちの兄と芹奈さんが知り合いかどうか。その辺りは兄に聞いてみないとわからないが、その……芹奈さんの元同僚の女性が俺の写真を見て、当時芹奈さんが付き合っていた男だと断定したのはわかる気がする」

どういう意味だろうか。

不思議に思っていると、耀は私と母にお願いをしてきた。

「ただ、うちの兄は無責任な男ではない。何か理由が存在していると思う。まずは、うちの兄と会っていただけませんか？　おそらく、うちの兄を見ていただければ色々とわかることもあるかもしれませんので」

それだけ言うと、彼は深々と頭を下げて立ち去った。

何がなんだかわからず困惑しているのは、私と母だ。

何か私たちは大きな勘違いをしていたのだろう。

そうだとしたら、耀に申し訳ないことをしたかもしれない。

なんとも言えぬ空気感のまま時間だけが過ぎていく。

これからどうしたらいいのかわからずにいると、インターホンが鳴った。

夜十時。すでに瑚々はお風呂を済ませて布団で眠っている。

誰だろうかと思いながらインターホンのモニターを覗くと、耀が立っていた。

母と私は慌てて玄関へと行き、扉を開く。

すると、そこには神妙な顔つきをした櫂と、そして――ビックリするぐらい櫂と瓜二つの男性がいた。

唖然として二人を見つめていると、櫂が申し訳なさそうに謝ってくる。

「夜分に申し訳ありません。どうしても早くお二人の誤解を解きたいと思いまして……。連絡もせずスミマセン」

突然の訪問について謝ってくれるが、私と母の目は櫂の隣にいる男性に釘付けになってしまっていた。

それに気がついたのだろう。その男性は、私たちに深々と頭を下げた。

「櫂の兄で正之村岳《がく》と言います。いつも弟がお世話になっております」

声までそっくりだ。

ビックリしすぎて何も言えずにいると、櫂は困ったようにほほ笑む。

「似ているでしょう?」

似ているなんてものではない。一卵性双生児かと疑うほどだ。

何も考えられずにいると、母は慌てた素振りを見せた。

「こんなところで立ち話もなんですから……。上がっていただきましょう、千依」

姿形がそっくりな兄弟を前にして、母は色々と合点がいったのだろう。

とにかく説明を聞いた方がいい。そう判断したようだ。

しかし、未だに呆然としたままの私は、母に促されて彼らをリビングへと招き入れた。

お茶を、と腰を上げた私に対し「いや、まずは話をしよう」と櫂が引き留めてくる。

本当は少しでも時間稼ぎをして考えを纏めたかったが、そういう訳にもいかなそうだ。

大人しく母の隣に腰を下ろすと、「早速ですが」と櫂が話を切り出してくる。

「千依さんと安島さんの憂い、そして俺の疑いを晴らすべく兄を連れてきました。詳しいことは兄から聞いてもらえますか?」

「え、ええ……」

母は不安そうにしながら同意すると、すぐさま彼の兄である岳が口を開く。

「櫂から話は聞きました。私が知っている、すべてをお話いたします」

姿勢を正して、彼は私と母をジッと見つめてくる。

背格好、そして顔はとてもよく似ている二人だが、話し方や雰囲気が違う。

そのことに気がつきながら、岳の話に耳を澄ます。

話は六年ほど前。姉が妊娠をしたばかりの頃に遡《さかのぼ》る。

当時、岳は警視庁の捜査一課の警視で、連続暴行事件の捜査のために姉が勤めていた会社、西佐輪《にしさわ》建設コーポレーションで内偵捜査を行うことになったという。

そこで姉と再会したらしい。

姉と岳は大学のサークルで顔見知りだったようだ。

本来、内偵捜査をする場合は社員などには素性を隠して行うらしいのだが、姉は一発で岳を見つけてしまったらしい。

素性がバレたら捜査に影響が出てしまう。岳はこの現場を立ち去らなければならなくなる。

当時は、とても困ったと岳は笑う。

彼は、その頃を懐かしむように目を細めた。

なんでも姉は岳にある取引を持ち出してきたという、それは――。

「え？　仮の恋人に……ですか？」

「ええ。その話を芹奈さんから聞いたとき、私は拒否したのですが……。少々脅されてしまいましてね」

「脅し……」

「ええ。恋人役をしてくれなければ、私が内偵捜査をしているということを社内にばらすから、と」

　──何をしているのよ、お姉ちゃんは。

　頭を抱えていると、岳は当時を思い出して苦笑する。

「芹奈さんがそんなことを言うなんて信じられなくて、何か事情があるのだとピンときたのです。それで理由を聞いたのですが……そしたら、泣き出してしまいまして」

「泣いた……？」

　あの気の強い姉が同級生の前で、それも男性の前で泣いたというのか。

　それが信じられなくて、岳をまじまじと見つめてしまう。

　だが、そう思ったのは、彼も同様だったらしい。

　かなり驚いたと当時を振り返った。

「なんでも社内に恋人がいたようなんですが、その彼とどうしても別れなければならない。新しい恋人ができたと知れば別れてくれると思うから、仮の恋人を演じて欲しいと懇願されてしまいました」

　ふぅと小さく息を吐き出したあと、岳は再び話を進めていく。

「彼女が泣いてお願いをしてくるぐらいだから、よほどのことが起きているのだろうと思いました。ストーカー被害でもあるのかと聞いたのですけれども、詳しいことははぐらかされてしまいました。ですが、櫂から話を聞いた限りでは、当時の彼女はすでに妊娠をしていたのだと思います。社内にいる恋人には妊娠のことを知られたくなかったということなのでしょう」

岳と姉が再会した時期は、すでに姉が妊娠四ヶ月目に突入していた頃だ。

岳は連続暴行事件が起きた日の新聞記事と一緒に自分のパスポートを差し出してきた。

パスポートを拝見すると、彼らが再会する一年前に岳がアメリカに入国したというスタンプが残されていて、その後日本に帰国したスタンプを見れば姉がすでに妊娠発覚していたであろう日付になっていた。

なんでも彼は警察官としてアメリカにある日本大使館に勤務していたことがあるのだという。

新聞の日にちを確認すれば、間違いなく姉が妊娠したあとに事件が起きている。

事件が起きてから内偵捜査をしているはずなので、岳が瑚々の父親だという線は消えた。

岳は姉に頼まれて恋人役を引き受け、内偵捜査が終了したあとに自分が芹奈の婚約者なのだと社内に知れ渡るよう秘書部の懇親会にわざわざ出向いて匂わせただけだということになる。

その懇親会に出席していた橋本は、櫂と瓜二つである岳を姉の婚約者だと思い込んだ。

だからこそ、私が櫂の写真を見せて確認したとき、姉の婚約者だと勘違いをしたのだろう。

櫂でもなく、岳でもない。〝あつき〟という名前で会社を経営している男性が姉の元恋人であり、瑚々の父親という真実があぶり出される。

「芹奈さんがお勤めだった西佐輪建設コーポレーションの社長は、西佐輪温希《あつき》です」

櫂が静かな口調で言う。

瑚々が自分の父親は〝あつき〟だと言っていたのを、彼も聞いている。

それで、我が家に釈明に来る前に調べてくれたのだろう。

姉は西佐輪建設コーポレーションの社長秘書をしていたのだが、その社長と姉は付き合っていたのかもしれない。

今の段階で正之村兄弟は瑚々の父親問題に無関係だということだけは判明したことになる。

完全に私たちの勘違いであり、櫂にも、そして岳にも多大な迷惑をかけてしまった。

櫂が瑚々の父親だったらどうしよう。そんな不安な気持ちに打ち勝てなかった自分が情けない。

弱い自分に嫌気が差しながら後悔に打ちのめされていると、岳は当時を思い出して口を再び開く。

「連続暴行事件の内偵捜査が終了して彼女の職場の人間に婚約者だと匂わせ終えたとき、芹奈さんから〝こちらも丸く収まったから、これで恋人役は終了。今後は正之村くんのためにお互い会わない方がいい〟そう言われましてね。芹奈さんとは距離を置いていました。しかし、まさか当時彼女のお腹に子どもがいて一人で子どもを産み、亡くなっていたなんて櫂から聞いてビックリしました」

沈痛な面持ちで視線を落としたあと、岳は姉を思い出しながら苦笑した。

「芹奈さんが亡くなったことが私に知らされなかったのは、彼女の仕業でしょう。彼女のことです。私の大学の知り合いたちには、何かしら策を講じて彼女の情報が私に流れないように周知徹底していたのかもしれません」

きっとそういうことなのだろう。

岳に迷惑をこれ以上かけたくない。そう思ったからこそ、自分の状況が伝わらないように徹底した。

姉なら、そんな行動を取るはずだ。

ゴタゴタに巻き込まれた岳に私と母はひたすら謝ると、彼は爽やかな笑みを浮かべる。

「これで弟の無実が証明されたのならば、これぐらいお安いご用です。千依さん、どうか櫂のことをよろしくお願いします。正之村家では、貴女が私共の家族になってくれるのを首を長くして待っていますから」

特に好美がね、と岳は何かを思い出したかのようにクスクスと笑う。

岳は仏壇に線香を上げたあと、櫂に「あとはしっかりな」とだけ言うとリビングを出て行く。

私は玄関まで行って岳を見送ったのだが、その場から動けなくなってしまう。

真実を知った今、私は罪悪感に押しつぶされてしまいそうになっていた。

――私が全部ダメにしてしまった……。

私は彼を信じることができなかった。彼に合わせる顔がない。

胸が罪悪感で苦しくなる。だが、この事態を招いてしまったのは、自分自身の弱さだ。

もっと前に勇気を出して櫂にぶつかっていれば……。

岳にまで迷惑をかけるなんて事態にはならなかったはず。

それに、櫂を傷つけるようなことにはならなかっただろう。

彼はとても誠実な人だ。そんな彼が私に嘘をつくはずがない。

冷静に考えればわかることだ。

しかし、色々な情報が私の耳に入るたびに、疑心暗鬼になっていった。

そのことを悔いても、今更遅いだろう。

きちんと謝罪をしなければならない。わかっているのだけれど、次から次に涙が床に落ちていく。

彼を信じられなかったことが、とにかく悔しくて涙が止まらない。

なかなかリビングに戻ってこない私を心配したのだろう。

母と一緒にリビングにいた櫂が、ドアを開いて廊下に出てきた。

「千依？」

その声に過剰に反応した身体がビクッと震える。

恐る恐る振り返ると、そこには心配そうに私を見つめる彼がいた。

彼の姿を見た途端、身体から力が抜けていく。

その場にしゃがみこんだ瞬間、後悔に苛《さいな》まれていく。

「ごめんなさい……っ、ごめん、なさ……」

嗚咽交じりの声で何度も櫂に謝罪を繰り返す。

だが、その言葉さえも出てこなくなってしまった。

廊下に額を押しつけるような形で泣きじゃくってしまう。

なんだろう。このざまは。

傷つきたくないからと逃げた挙げ句、すべて勘違いだったなんて。

自分が弱かったために、私は大好きな櫂を傷つけてしまった。

それがどうしても許せないし、どうやって謝ったらいいのかわからない。

私の泣き声が聞こえたからか。母もリビングから出てきて、櫂の背中に声をかける。

「ごめんなさい、正之村さん。元はといえば、私が悪いんです。確証がないのに、噂話を信じてしまったから」

必死な様子で、母が櫂に謝罪を繰り返す。

それを聞いて、私は首を横に振る。

——母は悪くない。悪いのは私だ。

母や姉の後輩である橋本からの話を聞いても、私だけでも彼を信じていれば良かったのだ。

櫂を最後まで信じられなかった自分がすべて悪い。

「千依」

頭上で櫂の声がして顔を上げる。

涙で滲む視界では、彼が片膝をついて私を見下ろしていた。

だけど、合わせる顔がなくて顔を背ける。

彼は、そんな私の両肩を掴んできた。驚いて彼の顔を見ると、真摯な目と視線が絡む。

眉尻を下げてくしゃくしゃの顔で泣く私を、彼はキツく抱きしめてきた。

「もう泣くな」

彼の声はとても優しかった。だからこそ、ますます涙が零れ落ちてしまう。

嗚咽を繰り返す私の頭を、いつものように大きな手のひらで撫でてくる。

その手はとても優しい。

「もう泣かなくていい。いいんだ、千依」

「だって、だって……私、櫂さんを信じられなかった！」

彼の胸板を押して、距離を取った。そして、私は泣きながら首を激しく横に振る。

いつも私を大事にしてくれて、愛してくれた。

そんな彼に対して、私は信じ切れなかったのだ。

私には、彼の愛や優しさを受け取る資格はない。彼の隣に私はふさわしくない。

本音は別れたくなんてない。ずっとずっと彼の側にいさせて欲しい。

だけれど、それは私の我が儘だろう。

躊躇しながらも別れの言葉を言うべきかと迷う。

すると、櫂は私の頬を両手で包み込むように触れてきた。

驚いて目を見開くと、彼は怒ったような表情になる。

「許さないぞ、千依」

「櫂さん？」

「今、俺と別れようと考えていただろう？」

ドキッとしてしまう。視線を泳がせていると、櫂は真摯な目で射貫《いぬ》くように見つめてきた。

「絶対に許さない」

「櫂さん」

「今回のことを気に病むのなら、約束して欲しい。二度と俺の手を離さない、と」

頬を包み込んでいた彼の手は、今度は床についていた私の手をギュッと握りしめてくる。

強く握りしめられ、彼の気持ちが痛いほど伝わってきた。

温かくて優しい、櫂の手。それは彼の人間性を表しているようだった。

「離さなくても……いいの？」

縋るように彼を見つめる。

涙で滲む視界では、彼の顔をしっかりと確認することができない。

震える唇で問いかけると、彼は深く頷いた。

「ああ、離れなくていい。……離れるな、千依」

「櫂さ……っ」

勢いよく彼に抱きついたが、危なげなく私を抱き留めてくれた。

櫂のぬくもりを久しぶりに感じて、また泣きたくなる。

顔を歪めて再び泣きだそうとする私の鼻の頭に、彼は指でちょんちょんと触れてきた。

「俺と千依。初めて大きな喧嘩したな」

「……喧嘩、なのかな？」

私が一方的に彼を疑い、別れを告げようとしていたのに。

そう言うと、彼はアハハと楽しげに笑った。

「ああ、喧嘩だ。だけどな、千依。これが最初で最後な」

「え？」

「俺は千依を毎日愛していたいから。喧嘩なんてする暇ないぞ？」

耀が真面目な顔で、そう言い切った。ドキドキしすぎて顔が熱くなってしまう。

恥ずかしすぎて耀の顔をまっすぐ見ることができない。

ソッと視線をそらした先にいる母を見て、目を見開いた。

母が嬉し涙を流している姿を見たからだ。

良かったわね、母の唇が私にそう伝えてきた。

それを見た瞬間、私は恥ずかしすぎて慌てて彼の腕の中へと避難する。

しかし、それはそれで恥ずかしいことに気がつき、慌てて彼から離れようとした。

だが、それが気に入らなかったのか。

耀はムッとして不機嫌になると、私の腕を掴んで強引に引き寄せてくる。

ポスッと音を立てて、私は再び彼の腕の中へと導かれてしまった。

どうして私が挙動不審な行動をしているのかを、耀は理解していないのだ。

「どうして逃げるんだ？　逃げるのは許さないって言ったばかりだろう？」

「えっと、あの……」

煮え切らない態度の私を見て、ますます彼の顔がふて腐れた様子に変化していく。慌てて説明をしようとしたのだけど、彼は私に顔を近づけてきてキスをねだってきたのだ。

しかし、親の目の前でキスはさすがに勘弁してもらいたい。

そう思って彼の唇を両手で押さえると、櫂の右眉がピクリと上がる。

どうしてキスしちゃダメなんだ？　そんな彼の訴えが聞こえてくるようだ。だけど……。

真っ赤になって狼狽《うろた》えていると、母が助け船を出してくれた。

「正之村さん。今夜はうちの子を連れて行ってやってください」

その声を聞いて、ようやくこの場には二人だけではなかったことに気がついたのだろう。

彼は母の方を振り返って、顔を真っ赤にさせて大いに慌て出した。

母は「二人の時間が必要でしょう？」と朗らかにほほ笑む。

そんな母に櫂は真剣な表情で頭を下げる。

「では、遠慮なく千依さんをお預かりいたします」

そんな二人のやり取りを見ていた私は、あまりの恥ずかしさに頬を染める。

身支度を手早く済ませ、私は彼と手を繋いで家を出た。

この手を二度と離さない。

そんな決意を胸に二人はその夜、櫂のマンションで熱く蕩けてしまうような情熱的な夜を過ごしたのだった。

6

一月下旬。年が明け、寒さが一段と増してきた。現在、久しぶりに櫂のマンションにお邪魔しているところだ。

瑚々の父親が櫂なのではないか。そんな疑惑が解消されて、ひと月が経過。

二人は、今まで以上に固い絆で結ばれた気がする。

以前から櫂と一緒にいると好きという気持ちが溢れ出てしまい、ひと様が聞いたらノロケだと言われてしまうような感情でいっぱいだった。

だけれど、今はその上をいく〝愛している〟という気持ちが込み上げてくる。

こんなに好きになれる男性は、これから先も現れないだろう。

真面目に言えるほど、私は彼を愛していると言い切れる。

すったもんだあったが、今回の件で姉が残した謎が少しずつ解明され始めてきた。

まずは、姉が生前付き合っていた男性であり、瑚々の父親は〝あつき〟という会社経営をしている男性だということ。

そして、その男性には妊娠をしたことを告げずに別れを選んだということだ。

その元恋人に妊娠を告げられなかった理由が存在しているからこそ、姉は元恋人には内緒で瑚々を産んだのだろう。

だが、その元恋人のことを家族である私たちにも告げなかった理由が今もわからない。とても気にかかる。

元恋人に妊娠したことが伝わったとしたら、何かが起きる。

そう危惧していたから、誰にも告げなかったのだろうか。

『瑚々を狙う悪い人たちが現れたときにだけ、千依に父親の名前を言いなさい』

そんな言葉を、姉は瑚々に残している。

それだけ元恋人の存在に、姉は怯えていたということなのだろうか。

「やっぱり、姉の元上司が瑚々の父親ってことでしょうか？」

「断定はできないが……。芹奈さんの元勤め先である西佐輪建設コーポレーションの社長は西佐輪温希だ。瑚々が言っていた名前と一致する。それに、芹奈さんは社長秘書をしていたんだろう？　仕事のときは常に一緒にいたはず。となれば、男女の関係になる機会はいくらでもあっただろうからな」

櫂が昔の調書などに片っ端から目を通したり、当時連続暴行事件の捜査に関わっていた人物に聞き込み調査をしてくれたらしい。

そこで、西佐輪家というのがなかなかに厄介な家だということが浮かび上がってきたという。

温希の父親、西佐輪建設コーポレーション会長である西佐輪剛三《ごうぞう》はワンマン気質で横暴なところがあると有名な人物らしい。

自分本位で、自分が一番偉い。その上、利益重視の人間らしく手段を選ばない。

周りはとても苦労していると、もっぱらの噂のようだ。

姉の元恋人が、西佐輪温希だと仮定する。

そうした上で導き出されるのは、姉が彼と別れようとしたのは剛三の存在があったからかもしれないということだ。

利益重視だという剛三の性格を考えると、息子である温希にはそれ相応の家柄がいい女性をあてがおうと考えていたはず。

それなのに、普通の家庭で育った姉を西佐輪家に入れようとは思わないだろう。

実際、姉と別れてすぐ温希は政略結婚をしたようだ。

もし、姉のお腹に温希の子どもがいると剛三が知ってしまったら、子どもを産むことを諦めさせようとする、もしくは子どもだけを引き渡せと言い出す可能性が十分にある。

――それを恐れてお姉ちゃんは元恋人に別れを告げ、お腹の子の父親について誰にも話さず一人で産んだ……？

瑚々を守るために、姉は一人で闘う決意を固めていた。そう考えるのが自然なのかもしれない。

現在、西佐輪家は跡取り問題に揺れているという。

温希と妻の間には、今も子どもはいない。そのことに剛三が痺れを切らしているようだ。

温希の妻に対して、剛三の当たりは強いという。

血縁を残せないかもしれない。その現実に焦りが出てきているようだ。

もし、瑚々の存在が明らかになってしまったら、剛三は意地でも瑚々を我が手にしようと動き出すかもしれない。

櫂はその件について「危惧はしている」と難しい顔をした。

そんな櫂を見て青ざめると、彼は私を優しく抱きしめてくる。

「大丈夫。俺が危険な事態にはならないようにするから」

「櫂さん」

彼の背中に腕を回してキュッと抱きつくと、伝わってくる温かさにホッとした。

胸板に頬ずりをすると、彼は笑いながら頭を撫でてくれる。

「甘え上手になってきた。いい傾向だ」

「そうですか？」

「ああ、千依はすぐに自分ですべてを解決しようとして苦しむからな。そういうところは強くて格好いいと思うが、俺だけには甘えて欲しいと思っていた」

櫂の大きな手はとても優しくて温かい。その思いやりに満ちている手で、私の頭に触れてくる。

うっとりと目を瞑っていると、彼はつむじにキスを落としてきた。

「俺たちで絶対に瑚々を守ろう」

「櫂さん」

潤んだ目で彼を見上げると、今度は唇にキスを落としてくる。

ポッと頬を赤らめると、彼は目を柔らかく細めて見つめてきた。

「俺たちはもうすぐ家族になるんだ。絶対に千依と瑚々、そして千依のお母さんを守りたい。そう思っているから」

「ありがとうございます。私も正之村家の皆さんを大事にしたいです」

「ありがとう。うちの家族も喜ぶ」

右頬にキス、そして左頬にキス。チュッと音を立てて、何度もキスをしてくる。

それがなんだか幸せに感じられて、憂鬱になっていた気持ちが晴れてきた。

「両家のスケジュールが出そろったから、顔合わせの食事会の日時をそろそろ決めなくてはな」

彼は私を膝の上に乗せ、スマホを手に取りスケジュールアプリを開く。

誤解が解けたあと、櫂は改めて我が家に結婚の許しを得るためにやって来てくれた。

今までが嘘のように和やかな雰囲気に包まれていて、それだけで涙ぐんでしまうほど幸せを感じた。

しかし、櫂がビックリするぐらい緊張していたのが印象深かった。

すでに母からは許しが出ていたのだから、そんなに緊張する必要はないのに。

そんなふうに言うと、彼は必死な様子で訴えてきたのだ。

「その通りだが、やっぱり結婚のお願いをするのは緊張するんだ」とむきになっていた。

そんな彼を見て「すごく、かわいい」なんて思っていた私だったけれど、すぐに彼の気持ちが痛いほどわかる事になった。

その次の週には、私が正之村家に挨拶に向かったからだ。

そのときの尋常ではない緊張感は今でも忘れられない。

すでに正之村家では私を迎え入れる準備は整っていると聞いていたし、好美には「千依さんのこと、家族全員首を長くして待っていますよ」と言われてもいた。

だからこそ緊張する必要なんてないのに、その時の私はかなりテンパってしまっていたのだろう。

「櫂さんを幸せにしますっ！　櫂さんをもらってもいいでしょうか？」

男性が女性側の両親に言うような台詞を言ってしまったのだ。

一瞬その場が静かになったとき、ようやく自分が何を言ったのかを私は理解した。

しかし、すでに遅かった。

真っ赤になって固まる私を見て、正之村家の面々は拍手喝采の嵐。

好美なんて「やっぱり千依さん、格好いい！　惚れちゃう」などと囃《はや》し立ててくる始末。

穴があったら入ってしまいたい。何度心の中で叫んだかわからない言葉だ。

それが功を奏してか。彼の祖父がいたく私のことを気に入ってくれたのだ。

好美の縁談を取り付けたのは、彼女たちの祖父だと聞いている。

彼がセッティングをした見合いを潰す手伝いをした私に対して怒っているのではな

いか。

そんな心配をしていたのだ。

しかし、心配は杞憂に終わったようでホッとしたのは言うまでもない。

とんとん拍子に幸せに向かって進んでいる。そのことにホッとしてしまう。

少し前まで不幸のどん底にいたからこそ、こうして安穏と日々が送れることに幸せを感じる。

――自分で自分を不幸にしていただけなんだけどね……。

櫂を疑っていたことを思い出すたびに、胸の奥がヒリヒリと痛む。

だが、一番辛かったのは絶対に櫂の方だ。

真実とは違うのに、勝手に思い込まれて拒絶をされる。

そのときの彼の気持ちを考えただけで、胸がキュッと鷲掴みにされたように苦しくなる。

彼は懐の広い人だ。彼を信じられなかった私を許してくれた。

でも、ふとしたときに思い出しては罪悪感に溺《おぼ》れそうになる。

彼の胸板に頬ずりをすると、なぜだか櫂は急に私をラグに押し倒してきた。

ビックリして目を見開くと、情欲に満ちた目をした櫂が視界に映る。

彼の目が雄の色を濃くしているように見えて、ドキッと胸が高鳴ってしまう。

男らしい表情の燿に見惚れていると、彼は私に覆い被さってきた。

「ま、待って……！　燿さ……ぁ」

彼に制止の声をかける。だが、そんな私の声など無視をして、首筋に顔を埋めてきた。

彼の吐息が当たり、それだけでゾクゾクとした甘い痺れが背筋を走る。

甘い声を出してしまうと、彼はますます大胆な動きをし始めた。

首筋に唇が押しつけられる。彼の唇の柔らかさ、そして熱さを感じて顎を仰け反らせてしまう。

彼の唇はどんどんと上昇していき、私の耳殻に辿りつく。

耳のラインを確かめるように、彼は舌で触れてきた。

そのたびに耳に息が吹きかけられ、意図せずとも甘ったるい吐息が零れ落ちてしまう。

身体が徐々に熱を持ち始めてくる。

そのことに気がついて慌てて彼を止めたのだけれど、彼は愛撫を止めてくれない。

彼の唇は私の唇を捉え、齧《かじ》りつくようにキスをしてきた。

「ぁ……っ……んんっ」

唇より熱を持った舌が口内へと入ってきて、舌の根を擽《くすぐ》ってくると私の舌と絡み合った。

舌と舌が触れ合うたびに、身体の奥から熱が発せられていく。

抵抗していた身体からは力が抜け、ただ彼とのキスに酔いしれる。

彼が体勢を起こし、唇が離れた。

それをトロリとした蕩ける視界の中で見つめる。

「今、考えなくてもいいことを考えていただろう？」

「え？」

目を丸くして視線を向けると、彼は困ったように眉尻を下げた。

「俺は千依を許した。それ以上に何が必要だって言うんだ？」

「櫂さん」

私が時折罪悪感に押しつぶされそうになっていることに気がついていたのだろう。

櫂には何もかもお見通しのようだ。

困ったように小さく笑うと、彼は再び私に覆い被さってきて耳元で囁いてくる。

それも、鼓動が跳ね上がってしまいそうなほどセクシーな声だった。

「千依が不安になるたびに、過去を後悔するたびに……俺は君を抱く。それも激しく」

思わず目を見開く。きっと間抜けな顔をしていたのだろう。

彼はクスクスと楽しげに笑い出した。

呆気にとられていたが、今の発言は彼なりの冗談だったのだろう。

私を元気づけるため、気持ちを切り替えさせるためにしたのだ。

櫂の優しさに触れるたびに、私は幸せに浸ることができる。

だけど、なんだか素直になれなくて「もう！」とふて腐れて視線を彼からそらした。

「ほら、こっちを向いて。千依の顔が見たい」

そんな甘えた声を出すなんてズルくないだろうか。

ゆっくりと視線を元に戻すと、櫂はチュッと音を立てて優しいキスを落としてくる。

「これから、たくさん喧嘩をするかもしれない。お互いを信じられなくなるときが来るかもしれない。それでも、俺は千依とは乗り越えていきたい。そう思っている」

「櫂さん」

「千依は違うのか？」

「違わない。私も櫂さんと乗り越えたい」

きっぱりと言い切ると、彼は満面の笑みを浮かべた。

その笑顔が眩しくて、思わずつられて笑顔になる。

すると、彼は「よくできました」とばかりに髪の毛がくしゃくしゃになるほど頭を撫でてきた。

「もし、また不安そうな顔をしていたら、本当にするからな」

「え?」

「朝起き上がれないぐらいに抱きつぶすってやっ」

「っ!」

なんだか先程言っていたお仕置きより、さらにワンランクアップしていないだろうか。

それを指摘しようとすると、彼は流し目で私を見つめてきた。

その視線の熱さを感じて心臓が高鳴ってしまう。

「で? 千依さんは今もまだ不安ですか? 罪悪感を抱いていますか?」

「えっと……え?」

わざと敬語で聞いてくる櫂に警戒心を高めていると、彼は妖しげに口角を上げる。

「まだ不安があるのなら、約束通り——」

「ちょっと待って！」

彼が私に顔を近づけてキスをしようとしてきたので、咄嗟に彼の唇を両手で押さえた。

何度も瞬きをして驚いている彼に、むきになって自制を促す。

「これ以上はダメ！　今日はこれから式場の下見に行くんですよ？」

このまま彼の手によって快楽に流されてしまおうか。

そんなことを脳裏の片隅で思ってしまったが、すぐに我に返った。

今日、櫂のマンションにやって来たのは、挙式会場の下見に行くためだ。

久々にお互いが一日オフになったので、式場を見に行ってみようと決めていた。

彼は車で私を迎えに行くと言ってくれたが、それを遠慮して電車でここまで来た。

それには理由がある。

インターネットなどで目星をつけていた会場の多くが、彼のマンション最寄り駅付近にあったためだ。

彼が私を迎えに来るより、私がこちらに出向いた方が効率いい。

そう言い切って彼を迎えにマンションまでやって来たのだけど……。

姉の元恋人で瑚々の父親だと思われる人物について調べたというので、上がり込んで話を聞いていたら、なんだか違う話題へとそれていってしまった。

――危ない、危ない。

私は、ホッと胸を撫で下ろす。

このまま下見のことを忘れてしまっていたら、次はいつ下見ができるかわからない。

早めに結婚式に向けて動き出したいと思っているのに、式場を確保できなければ前には進めない。

ね？　とほほ笑みかけて彼に今日の予定を思い出させようとしたのだけど、どうやらまだ渋っている様子だ。

「久しぶりに一日中二人で過ごせるのだから、もっとくっついていたいんだけど？」

「……っ」

――ちょっとそれは反則ではないですか、櫂さん！

私は咄嗟に彼から視線をそらした。

彼は見た目がたいがよく、男らしい容姿である。

そんな彼が時折見せてくるギャップに私が弱いことを知っているのだろう。

それにくっついていたいのは、私だって同じ気持ちである。

彼の言う通りで、一日中一緒にいられるのは本当に久しぶりだ。

前回は夜ご飯のみだったし、こうして抱きしめ合うことはなかった。

だからこそ、私だって彼と人目を気にせずにくっついていたい。だけど……。

チラリと彼の方に向き直ったあと、頬を赤らめて上目遣いで見つめる。

「私もくっついていたいけど……。でも、ダメ。今日下見に行かないと、いつまで経っても結婚式できないですよ？」

「……っ」

彼が息を呑んだ音がした。

燿は私から離れると、そっぽを向いて口を右手で覆う。

そんな彼の耳は真っ赤になっていた。

「……わかった。下見に行く」

「燿さん」

「でも、早めに終わったら……」

「え？」

「俺の部屋に連れ込んでもいいか？」

真っ赤な顔をしたまま、彼は真剣な眼差しで見つめてくる。

そんな彼に私はコクリと小さく頷く。

恥ずかしくて、私の頬まで熱を持ってしまった。

チラチラとお互いが視線を向け合いながら、顔を真っ赤にさせている二人。

端《はた》から見たら「いい大人二人が何をしているんだか」と呆れてしまうだろう。

だが、本人たちはいたって真剣なのだから困ったものだ。

お互い羞恥心を拭い捨てるように「さて、行こうか」「行きましょう！」とよそよそしく声を出したあと、手を繋いで櫂の部屋を出た。

＊　＊　＊　＊

「まずは一番気になっているホテルに行ってみましょうか？」

マンションのロビーを抜けて、外へと出る。肌に突き刺さるような冷たい風が二人に吹きつけてくる。

寒いですね、と首に巻いていたマフラーを口元まで上げた千依は、俺を上目遣いで見つめてきた。

俺と彼女とでは身長差がある。視線を合わせようとすれば、どうしたって身長の低い彼女は上目遣いになるのだろう。

わかっているのだけど、いつもドキッとして鼓動が速くなってしまうのだ。

彼女に一目惚れをしたときと同じ、いやあの頃よりもっと彼女のことが好きになっている。

ちょっとした仕草でも鼓動が高鳴ってしまうのだから、どうしようもない。

俺の彼女はかわいい、たまらない。そんなふうに悦に入っていた、そのときだ。

誰かに見られている。そんな視線を感じ取った。

辺りを何気ない素振りで見回すと、子どもを連れた家族が歩いているのが見える。

楽しげに笑い合っている仲良し家族だ。どうやら、俺の勘違いだったようだ。

仕事柄、どうしても人の気配というものに敏感になってしまう。

困ったものだと俺は小さく息を吐き出す。

「耀さん？」

返事をしなかったからだろう。彼女がどうしたのかと心配そうに見つめてくる。

――だから、その目は反則なんだって！

このまま彼女の腕を掴み、強引に今来た道を戻って部屋の中へと連れ込みたい。

そんな不埒な考えが脳裏にチラチラと浮かんでくる。

でも、目の前の彼女はそんな俺の考えなど知らないので、ますます心配そうに瞳を揺らした。

かわいい。その細腰を抱き寄せ、ギュッと抱きしめてしまいたい。

そんな感情が湧き上がってくるのをグッと堪え、彼女に向かってほほ笑む。

「ああ、悪い。千依がかわいすぎて見蕩れていた」

「っ！」

今思っていることを正直に伝えると、彼女の顔が一気に真っ赤になった。

そういうところもかわいらしい。

続けて想いの丈を伝えようとしたのだけど、千依は俺の手を離して背を向けてスタスタと歩き出す。それを見て、俺は慌てた。

「千依、待って」

返事をしてくれない。俺が冗談を言っていると思って、怒ってしまったのだろうか。

足早に歩こうとしている彼女の隣に並び、再び声をかける。

「冗談じゃない。本当の気持ちを言ったんだ」

信じて欲しい、そう懇願しながら彼女の顔を覗き込んだ。

すると、ようやく足を止めた千依は俺を睨んでくる。

だが、その睨み方もかわいらしくて、どうしても怒っているようには見えない。

真っ赤な頬がとてもキュートだ。

抱きしめたくなる衝動を我慢していると、千依は目を潤ませて俺を見つめてくる。

「櫂さん。嬉しいけど、恥ずかしいよぉ……」

恥ずかしすぎて逃げ出した。それが正解だったようだ。

安心してホッと胸を撫で下ろす。だが……。

——本当に勘弁してくれ……っ！

彼女がこんなふうに恥ずかしがる表情を見せるのは、情事のときが多い。

そのときの彼女の痴態を思い出してしまい、ますます部屋へと連れ込みたくなってしまった。

しかし、これ以上千依を困らせたら確実に怒ってしまうだろう。

こうして二人で会える時間はとても貴重だ。いらぬ喧嘩などはしたくない。

そんな時間があったら、彼女の笑顔を見て癒やされていたかった。

俺は彼女の手を取って恋人繋ぎをしたあと、自身のコートのポケットへと突っ込む。

こうしていると、冷たい北風も温かくなる。そんな気がした。

「ほら、行こうか」

「はいっ！」

千依は頬を赤らめながらも、嬉しそうに頷く。

二人で肩を並べながら、スクランブル交差点で信号待ちをする。

休日の街は、人でごった返していた。

あれこれ彼女と話していると、再び異変を感じる。

先程マンションを出てすぐに誰かの視線が向けられているように思えたが、あれは勘違いではなかったのかもしれない。

――やはり見られている。

二人に向けられている視線。それを感じ取った俺は、千依には気づかれないように辺りをゆっくりと見渡す。

現在、この交差点では信号待ちをしている人間はたくさんいるし、車も行き交っている。

――この中の誰かが俺たちを見ている。

職業柄の直感みたいなものだが、この直感が侮れないことを俺はよく知っていた。

信号が青になり、周りの人間は横断歩道を歩き出す。

こちらを監視している人物に悟られないよう、何事もなかったように足を動かした。

しかし、ネットリとした視線が突き刺さっているように思えて警戒を強める。

この視線は俺に向けられたものか。それとも、千依に向けられたものか。

今はわからないが、彼女に向けられたものだとしたらと想像しただけで背筋が凍る。

思い過ごしだと思いたい。だが、万が一という事態を考えておいた方がいいだろう。

俺がターゲットになっているのならば、まだいい。自分で自分の身を守るぐらいはできるからだ。

しかし、これが千依に向けられたものだった場合、かなり危険な状況になるだろう。

まだこちらを監視している人物は、周りにいるようだ。

神経を研ぎ澄まし、どの人物なのかを見極めようと必死になる。

細心の注意を払っているので、千依は俺の異変に気がついていないようだ。

ホテルへ向かう足取りも軽い。

さすがにこんなにたくさんの人がいる中で、何か行動をしてくるとは考えにくい。

とはいえ、警戒するに越したことはないだろう。

すると、千依は思い出したように俺に話しかけてくる。

「そういえば、昨夜ね。瑚々の保育園から注意勧告のメールが届いたんですよ」

「保育園から?」

「ええ。なんか最近園内を監視している人物が目撃されているみたいでね。登下園時には気をつけてくださいって」

なんだか怖いですよね、とため息交じりに彼女は言う。

それを聞いて、ますます心配が膨らんでいく。

もしかして、瑚々を狙って監視をしているのではないか。

――いや、両方か。

千依と瑚々、二人を狙っているとしたら……。

ゾクリと背筋に悪寒がした。

俺の杞憂なら、それでいい。

だが、こういうイヤな予感というのは昔からよく当たる。

警戒しながら目的のホテルへ。挙式予定だと伝えると、ウエディング担当者がやって来てロビーからほど近いカフェテリアへと案内される。

担当者は、にこやかな表情で千依に話しかけた。

「ご婚約おめでとうございます。――左様《さよう》でございますか。当ホテルに最初に足を運んでいただきありがとうございます」

あれこれ担当者が説明をする間も、やはり誰かの視線を感じる。

先程までは杞憂であって欲しいと願っていた。だが、これは杞憂では済まされそうにもない。

ここまでの道のりには、不特定多数の人間がたくさんいた。休日のお昼前。街にはごった返すほどの人が溢れていたぐらいだ。そんな街中で視線を感じたのならば、気のせいで済ませられたかもしれない。

しかし、このホテル内に入ったあとも視線を感じているとなれば、話が変わってくる。

千依に気づかれないよう注意を払いながら、視線をあちこちに向けた。

やはり、何かを感じる。

瑚々が通っている保育園のこと、そして現在のこの状況を考えると、彼女たちが狙われている可能性が高い。

――瑚々の父親……西佐輪家が瑚々の存在を知ってしまったのか？

千依たちを監視してこちらの弱みを見つけ、隙あらば瑚々を奪い取るつもりなのだろうか。

このまま、この場にいたら何か危害を加えられてしまうかもしれない。

一度、ここから離れた方がよさそうだ。

隣に座っている千依を見つめる。

真剣な表情で担当者の話を聞いている様子を見て、一度中断してまたにしようとは言いづらい。

だが、彼女たちの身に何かが起きてしまったら、後悔してもしきれないだろう。

担当者が挙式会場に案内をしてくれると言い、立ち上がった千依の手を咄嗟に取る。

「どうしましたか？」

急に手を掴まれたからだろう。千依は驚いた顔をしている。

俺は、掴んでいた彼女の手をキュッと握りしめながら、スマホをさりげなく見せた。

「悪い、千依。急用ができてしまった。また仕切り直しさせてくれ」

固い表情の俺を見て、彼女が不安そうに顔を曇らせる。

何かあったの？　と彼女の瞳は問いかけてくるが、この場では答えられない。

俺たちを監視している人物に気づかれてしまう可能性がある。

朗らかな表情になるよう努めながら、「悪いな」と彼女に言う。

それを見て、彼女はホッとした表情になる。

おそらく仕事の連絡が入り、警視庁に向かわなければならなくなったのだと思ってくれたのだろう。

そんな彼女を見たあと、担当者に謝りを入れる。

「すみません、所用ができてしまいまして……。また今度にします」

すると担当者はペーパーバッグにパンフレットなどを入れて持たせてくれた。

申し訳なさを感じながらも、千依の手を引いてホテルを出る。

千依を守るように彼女の肩を抱き、あちこちに視線を向けて警戒しながら歩みを進める。

ホテル前に横付けされていたタクシーへと近づき、彼女を座らせたあとに自身もタクシーに乗り込んだ。

まだ視線を感じる。イヤな視線だ。

早急にこの場から立ち去った方がいい。

すぐさまタクシードライバーに声をかけ、車を出してもらう。

大通りに出て、ようやく纏わり付くような視線から解放された。

そのことに安堵して、背もたれに深く身体を預ける。

「大丈夫？　櫂さん」

何も説明されず勝手に式場の下見を中断させられ、タクシーに押し込まれた彼女は戸惑いしかないだろう。

それなのに、まずは俺の心配をしてくれる。

そんな優しい女性が近い将来、自分の妻になってくれる。

そのことに改めて幸せを噛みしめた。

「櫂さん？」

返事をしなかったので、ますます心配をかけてしまったようだ。千依の表情は固い。

座席シート上に置いていた彼女の手の上に、自身の手を重ねる。

そして、包み込むように握った。

「大丈夫だ。説明もなくごめんな、千依」

「ううん、それはいいんですけど……。一体どうしたんですか？」

彼女の瞳が不安げに揺れる。

今から口にすることは、より彼女の不安を煽ってしまうだろう。だが、言わない訳にはいかない。

彼女の手を握りしめていた手に力を込め、隣に視線を向けた。

「おそらくだが……。千依が誰かにつけられていた」

「え？」

最初こそ何を言われたのか理解できない様子だった。

しかし、次の瞬間、一気に顔色が変わる。

どういうこと？　と問いかけられ、誰かに監視されていたことを告げた。

「俺の気のせいならいい。だが、やっぱり誰かに見張られていると考えた方がいいと思う」

「そんな……。どうして私を？」

そんな疑問が浮かぶのは当然なことだろう。

彼女は特に人に監視されるようなことをしていない。

それなのに、どうして跡をつけられていたのか。不思議に思うのは当然だ。

「さっき保育園からのメールについて話してくれただろう？」

「ええ……。不審者が保育園を見ていたっていうメールですよね？」

怪訝な様子だったが、ハッとした表情でこちらを見つめてくる。

「まさか、瑚々が狙われているなんてことは……」

「考えたくないが、そういう可能性は捨てきれない」

「……もしかして、瑚々の父親が？」

「わからない。だが、まずは監視の目から避難した方がいいだろう」

俺の話を聞いて愕然《がくぜん》としている彼女だったが、小さく頷く。

そんな千依の身体は小刻みに震えていた。

「まずは千依の家に行こう。お義母さんも何かに気がついている可能性があるし、瑚々にも聞いた方がいい」

「はい……」

弱々しく頷いて返事をしてくれたが、顔色が真っ青だ。

労るように、何度も彼女の背中を撫でた。

タクシーは安島家の前に到着し、千依は待ちきれない様子で家の中へ慌てて入っていく。

「瑚々！　瑚々はいる⁉」

瑚々のことが心配で堪らないのだろう。

パンプスを脱ぎ捨て、そろえるのももどかしいとばかりに玄関を上がっていく。

すると、リビングからひょっこりと瑚々が顔を出した。義母も一緒だ。

二人とも常の千依とは様子が違うことにビックリしている様子である。

「どうしたの？　千依ちゃん」

瑚々は澄んだ大きな目を更に見開き、首を傾げた。

そんなかわいい素振りをする瑚々を見て千依は彼女に走り寄ると、ギュッと力強く抱きしめた。

今にも泣き出しそうなほど、顔をくしゃくしゃにしている。

そんな千依を見てオロオロしながら、義母は俺の方を見た。

これはどういうことですか？　と言わんばかりの表情をしている。

ようやく松葉杖を使わずとも歩けるようになった彼女は、玄関先で心配そうに眉尻を下げた。

「櫂さん、これは一体……？」

「お義母さん、少しお話いいですか？」

「え？　ええ……。どうぞ上がってください」

ありがとうございます、と言い、すぐさま玄関を上がって千依を立ち上がらせると一緒にリビングへと向かう。

彼女の隣では、瑚々が心配そうに千依の手を握りしめている。

大好きな叔母の一大事だということがわかっているのだろう。

必死に元気づけようとしている瑚々の姿を見て、ほほ笑ましくなる。

お茶でも、と席を立とうとする義母を引き留め、「あくまでも推測なのですが」と前置きをして、これまでの出来事を報告する。

真剣な面持ちで聞いていた義母だったが、話し終えたあとは心配になるほど顔色が悪くなっていた。

「実はね、さっきお隣りさんのところに回覧板を持っていったんだけど……」

なんでも、昨夜安島家の前に黒塗りの高級車が停車していて中年男性が中を窺っている様子だったと言われたようだ。

「それを聞いたらなんだか怖く感じたのだけど……。まさか瑚々が誰かに狙われていたなんて」

「休日になると千依は瑚々と一緒に過ごしていることが多い。だからこそ、今日も一緒にいると思って千依の跡をつけていたのだと思います」

震えを抑えるためだろう。

義母はエプロンの裾をギュッとキツく握りしめている。

「これだけ色々と重なると、瑚々が何者かによって監視されていると思ってよさそうです。それはおそらく——」

俺が言おうとしていることがわかったのだろう。

義母は唇を震わせながら言う。

「瑚々の父親と関係があるかも、ということですか？」

「断定はできません。ですが、その可能性はとても高いです」

千依と義母は顔を見合わせると、どこか腑に落ちたような表情になる。

「いずれこんな事態になることを芹奈は予測していたんでしょうね。だからこそ、そんな事態に備えて瑚々にだけ父親の名前を告げ、瑚々の周りにその人物が現れたら千依に相談しろと伝えていた……」

「そう思えるような人物が瑚々の父親、もしくはその関係者だってことよね？　櫂さん」

今のところわかっていることだけを整理したら、その考えに結びつくだろう。

俺は神妙な気持ちで俯いたあと、義母に切り出す。

「残念ながら俺は瑚々と四六時中一緒にいることはできません。ですが、瑚々を守りたい。必ず！」

「櫂さん」

「ですから、お義母さんのお許しがあれば、俺の実家で瑚々を匿《かくま》いたい。うちは警察関係者がゴロゴロいますから、向こうも警戒するでしょう。それに、腕が立つ人間が多いです。向こうだってむやみやたらに近づけないはずです」

背筋を伸ばし、真摯に訴えかける。

すると、義母は深々と頭を下げた。

「櫂さん、お願いできますか？」

「もちろんです。ご理解いただきありがとうございます」

すると、千依が必死な様子で頼み込んできた。

「私も瑚々と一緒に行きたい！　正之村の皆さんにご迷惑をかけてしまうけれど……それでも瑚々の側にいてあげたいの」

側にいた瑚々を抱きしめて、訴えかけてくる。

そんな彼女に、俺は「もちろんだ」と大きく頷いた。

「瑚々だって一人で見知らぬ家で過ごすのは心細いだろう。だから、千依についてきてもらおうと思っていた。うちの実家に来てくれるか？」

彼女に問うと、すぐさま「もちろん！」と千依は深く頷いた。

同意してくれたことに胸を撫で下ろしたあと、義母に視線を向ける。

おそらく狙われているのは瑚々だ。

だが、安島家全員のことが心配で仕方がない。だからこそ、義母にも正之村家へと来て欲しい。

そうお願いすると、彼女は首を横に振った。

「何人もお邪魔するのは、やっぱり心苦しいわ」

そろそろ店を再開する予定らしく、ここを離れることは無理だという。

それでも心配だ、と千依と口をそろえて説得をすると、すぐさま店を手伝ってくれている丸川という女性に連絡をし始めた。

すると、『それなら家にいらっしゃいよ』と言ってくれたようだ。

その女性もまた夫を亡くしていて独り暮らしだという。彼女はセキュリティが万全な高級マンションに住まいがあるらしい。

同じマンションには彼女の弟も住んでいるようで、その弟が二人の送り迎えをすると言ってくれているようだ。

絶対に一人きりで行動はしないでください、とお願いをすると、義母はそれを守ると力強く頷いてくれた。

千依もそれを聞き、安堵したようだ。

「一緒に瑚々を守ろう。そう約束しただろう？」

「櫂さん」

決意と覚悟が見える表情だ。

千依と瑚々を腕の中へと導き、彼女たちを守るように抱きしめる。

「絶対に俺がお前たちを守ってみせるから」

千依は俺に絶大の信頼を寄せているとばかりの表情をしていた。

信じている。彼女の目がそう語っていて、俺はそれに応えるように力強く頷いた。

腕の中にいる二人を必ず守る。

そんな決意を込めながら、これからどうしていくべきか策を頭の中に描いた。

二人にはすぐに荷造りを頼み、その間に実家の母に連絡を入れる。

「ああ、母さん。実は――」

簡単に説明をしたのだが、すぐさま母からOKが出た。

それどころか、厳しい声でキツく忠告をされてしまう。

『わかっているわね、櫂。うちの大事な大事なお嫁さん、そして彼女の姪御さんよ。身を挺して守り抜きなさい』

「ああ、わかっている」

すぐさま返事をすると、母は少しだけ安堵した様子だ。

彼女もまた、父と結婚をする前は警察官をしていた正義感の塊である。

母なら快く今回のことを引き受けてくれるとは思っていたが、あまりにあっさりといきすぎて拍子抜けしてしまう。

こちらはお迎えの用意を済ませておくから、いつでもいらっしゃい。そんな言葉をかけられる。

母のことだ。俺たちが実家につくまでには、じいさんや親父にも話を通しておいてくれることだろう。

通話を切ってスマホをジャケットのポケットに突っ込んでいると、荷物を纏め終えた瑚々が階段から下りてくる。

俺を見ると、タタタッと足音を立ててこちらへとやって来た。

リュックを背負い、保育園で使っている黄色い帽子を被っている。

手にはくまのぬいぐるみを抱えているのだが、瑚々の表情が勇ましい。

ムンッと唇を横に強く引き、胸を張った。

「櫂くん、ママが言っていたピンチのときだよね？　私、千依ちゃんや櫂くん、おばあちゃんとずっと一緒にいたいから負けないよっ！」

鼻の穴を大きく開き、鼻息が荒い。

そんなやる気満々の瑚々が、かわいくて堪らなくなる。

瑚々と同じ目線になるようにしゃがみこみ、彼女の頭を撫でた。

「ああ、その意気だ。だけどな、瑚々。辛かったり苦しかったりしたら、千依か俺に必ず言うこと。遠慮なんてするんじゃないぞ？」

「うんっ！」

深く頷く瑚々の頭に優しくポンポンと触れていると、用意を済ませた千依がやって来た。

「荷物はそれだけで大丈夫？」

「うん。足りないモノがあったら、お母さんに送ってもらうから大丈夫だと思う」

彼女は大きなスーツケースを引っ張ってきた。

そのスーツケースを彼女の手から引き取る。

自分で持ちます、と再びスーツケースに手を伸ばそうとしている千依に首を横に振る。

「いいから。千依は瑚々と手を繋いであげて」

「ありがとう、櫂さん」

千依は瑚々と手を繋ぎ、共に玄関へと向かう。

義母が心配そうに玄関先までやってきて、瑚々の頬に触れながら声をかけた。

「瑚々。いい子でいるのよ」

「大丈夫。瑚々、頑張るし！」

グッと親指を立てて、ニカッと笑う。

もしかしたら、この中で一番肝が据わっているのは彼女かもしれない。

やる気に満ちている瑚々の様子を見て、「血は争えないわよね」と千依と義母は苦笑している。

どうやら千依の姉、芹奈は、なかなかに逞しい女性だったらしい。

瑚々と芹奈は瓜二つなんだから、そんなふうに苦笑いを浮かべる義母に声をかけた。

「では、二人をお預かりいたします」

「櫂さん。どうぞ、よろしくお願いします」

ご家族にもよろしくお伝えくださいね、と言うと、名残惜しそうに瑚々から離れた。

「千依、しっかりね。何かあったら、すぐに飛んで行くから」

「うん」

千依も不安でいっぱいだろう。

だが、それを悟られないよう必死になっているのが伝わってくる。

そんな彼女の背中を摩る。大丈夫だよ、そんな気持ちを込めた。

すると、彼女の身体から少しだけ力が抜けたのがわかる。

ありがとう、と小声で伝えてくる千依に深く頷く。

先程呼んでおいたタクシーが家の前に到着したのが見えた。

「行こうか」

二人に声をかけたあと、タクシーのトランクに荷物を入れて乗り込んだ。

7

「うむ、瑚々は筋がいい！　ワシがお前の師匠になってやろう」

「本当⁉　瑚々、上手？」

「あぁ、上手だ。いい筋をしておる。このままワシの弟子になれば、いずれ国一番の女剣士になれるぞ」

「うわぁ……！　格好いい！　私、剣士になるっ」

瑚々は短い竹刀《しない》を空高く突き上げ、意気揚々とした表情を浮かべる。

櫂の祖父である金之助《きんのすけ》は、まんざらでもない様子の瑚々を見て深く頷いた。

そんな彼の表情もやる気に満ちている。


暦の上では節分を迎え、春に近づいていく二月中旬。

つい先日までは寒波が日本列島に押し寄せていて、凍えるような寒い日が続いていた。

だけど、昨日からはポカポカ陽気で春の到来を感じる。

先程朝食を食べ終えた金之助と瑚々は、竹刀を手に裏庭へ飛び出して行ったのだ。

朝食の後片付けなどを終えたあと、二人の様子を縁側に座って眺めていると、義母が困ったように声をかけてきた。

「ごめんなさいね、千依さん。うちのお義父さんったら、好美が相手してくれなくなったからって瑚々ちゃんに剣道を押しつけて」

静かに怒りを見せながら「お義父さん！　あんまり張り切りすぎると、またぎっくり腰になりますよ」と言い放つ。

二人の関係性は、義父とこの家に嫁いできた嫁だが、なかなかに義母は容赦ない。

櫂が「正之村家の陰の支配者は、俺の母親だ」と言っていた意味が最近わかってきた気がする。

苦笑いを浮かべていると、彼女は「瑚々ちゃんは運動神経抜群だから、バレエとかはどうかしら？」と芸術系の習い事を推奨し始めた。

すると、それを聞いた金之助がむきになって彼女に食ってかかった。

「何を言っておる！　瑚々は、うちのひ孫も同然だ。我が家は代々警察官として――」

「あら、そんなことを言っているから、好美がお義父さんのことを避け続けているんですよ？　しっかりと謝ったらいかがですか？」

金之助が話している途中に割り込み、義母は手痛いことを言い放つ。

それを聞いて、金之助は「うぐぐっ……」と言葉を詰まらせた。

好美に無理矢理見合いをセッティングした金之助は、そのことをチクチクと家族全員に言われ続けているようだ。

この話題が出ると、金之助は急に大人しくなる。

あれからかなり経つのに、金之助と好美は和解していないらしい。

未だに好美を警察官と結婚させようと金之助が目論んでいるからだ。

言い合っている二人を見て、こちらはオロオロしてしまう。

この家にご厄介になってから、早二週間。

正之村家の皆は、私と瑚々を温かく迎えてくれた。

こちらが恐縮してしまうほどの歓迎ぶりに驚きを隠せないほどだ。

この家には現在小さな子どもはいない。だからこそ、瑚々を自分たちの孫やひ孫のように可愛がってくれているのだと思う。

今でこそありがたいと思っているが、当初は瑚々のことを受け入れてもらえるか、とても不安だった。

櫂がプロポーズをしてくれたときに、瑚々とも一緒に暮らしたいと言ってくれた。

だが、彼の家族はどう思っているのかわからない。そう思って、かなり不安を抱いていたのだけど……。

正之村家に初めて挨拶に伺ったとき、結婚後は安島家で暮らすということを櫂が家族全員に話した。

どんな返事が来るのか。ものすごく不安だったのだけれど、すんなりとOKを出してくれたのだ。

それがとても嬉しくて、泣いてしまったことは記憶に新しい。

少しずつ正之村家に受け入れられている。

そのことを実感できて嬉しい毎日ではあるのだけれど、この義父VS嫁の対決には慣れずに戸惑ってしまう。

一方の瑚々は、金之助と義母が言い合っているのを断片的に聞いていたのだろう。

腰に手を置いて、フンッと鼻息を荒くする。

「金之助じいちゃん！　好美ちゃんにごめんなさいしなくちゃダメだよ？」

「うっ！」

「好美ちゃんは優しいから、絶対許してくれるよ？　早く仲直りしてね」

にっこりとほほ笑む様は、身内の贔屓《ひいき》なしにかわいい。

自慢の姪です、とこっそりと胸を張っていると、金之助と義母はすっかり瑚々の愛らしさにやられてしまっていた。

瑚々を中心に正之村家の人々との関係が深まっていく。あんなに心配していたことが嘘のようだ。

ほほ笑ましいやり取りを見ていると、門扉を開く音が聞こえてきた。櫂だろうか。

「櫂さんだと思うので、出迎えてきますね」

三人に向かって言ったのだけれど、やんややんやと楽しそうにやり取りをしていて私の声は届いていないようだ。

にぎやかな三人を見て苦笑しながら、私はサンダルを履いて裏庭から玄関に向かって歩いていく。

私たちが正之村家でお世話になり始めた日から、櫂も実家暮らしをしているのだ。

そんな彼は現在、仕事が多忙を極めていて、昨夜は帰って来ることができなかった。

きっと疲れているだろう。早く休ませてあげたい。

そんなふうに思いながら、彼を気遣う。

「櫂さん、おかえりなさい。お疲れ様でした」

「ただいま、千依——」

私の名前を呼びながら、柔らかくほほ笑んでいた彼の顔が一変。急に険しくなったと思ったら、彼はぴたりと口を閉ざす。

微かに車のエンジン音が聞こえる。家の前に停車しているのだろう。来客だろうか。

首を傾げて考えていたのだが、櫂の表情が気にかかる。

とても険しいその表情は、気配を探るように神経を研ぎ澄ましているようだ。

どうしたのかと不思議に思っていると、彼は急に家の外へと飛び出していく。

「櫂さん⁉」

驚きつつ彼の後に続いて外へと出ると、車が急発進した音がする。

白い高級車がものすごいエンジン音を立てて、急スピードで角を曲がっていく。

その際もキィーッというタイヤの摩擦音が聞こえ、それだけでその車がかなり慌てて発進したのがわかる。

櫂はその車を追おうとしたが、逃げられてしまったようだ。

彼は、私の方へと足早に戻ってくる。

「あの女……。どうやら、家の中を窺っていたようだな」

「え……？」

エンジンを止めずに正之村家を窺っていたのは、女性だったという。

車からは降りず、後部座席の窓を開けて家を見ていたらしい。

もしかして私を監視していた人物なのだろうか。

私たちが正之村家にいる情報を掴み、様子見をしようとここにやって来たのだろう。

相手の執念深さを感じ、背筋が凍る。

鳥肌が立ってしまった腕を摩っていると、耀は私を引き寄せて抱きしめてくれた。

「今逃げた車のナンバーは確認できた。今から警視庁に戻って調べてくる」

「で、でも！　徹夜明けですよね？　少し休んでから――」

彼は仕事明けで疲れているはず。無理して欲しくはない。

そんなふうに訴えたのだけど、彼は「大丈夫だ」ときっぱりと言い切る。

「仮眠は取ってきているから、さほど疲れは残っていない」

「で、でも！」

それでも引き留めようとする私に、彼は優しい眼差しを向けてきた。

「体力には自信がある。それに調べ終わったらすぐに帰って来て、きちんと休息を取るから」

「耀さん」

「心配しなくて大丈夫だ、千依」

そう言った彼はすでに警察官の顔をしていた。

私では彼を引き留められないのだろうと諦める。でも、それでも心配なものは心配だ。

ギュッと手を握りしめていると、彼は私の顔を覗き込んできた。

驚いて目を見開くと、唇に柔らかく温かい感触が……。

キスをされたということに気がついて、慌てて辺りを見回す。

木々に囲まれていて外から敷地内は見えにくいとはいえ、ここは櫂の実家である。

彼の家族に見られでもしていたら、恥ずかしいだろう。

真っ赤な顔で挙動不審になっている私に、彼は再度近づいてきてもう一度キスをしてくる。

「ちょ、ちょ……っ、櫂さ……！」

激しいキスに翻弄されて、甘い吐息が零れてしまう。

彼の唇が離れた頃には、その場に立っているのも辛いほど足がガクガクして震えてしまった。

呆気に取られている私を見て、櫂は色気ある笑みを浮かべる。

「充電完了。これで元気になった」

「っ！」

言葉が紡げず、ただパクパクと口を動かすことしかできなくなった私に、彼はすぐさま表情を固くして言い聞かせてきた。

「このことを、じいさんと母さんに話しておいて。あと、先程の人物はもう現れないとは思うけれど、念のために瑚々と一緒に家にいること。約束してくれ」

真剣な眼差しを向けられ、私は何度も頷く。

すると、彼は私の頬に労るように触れたあと、再び家を飛び出て行ってしまった。

その後ろ姿を見送りながら、私はへなへなとその場にしゃがみこんでしまう。

瑚々を狙っているであろう人物は、瑚々の父親なのではと思っていた。

しかし、どうやら女性だということが新たにわかり、その女性が今も尚、瑚々に接触しようとしている。そのことに恐れをなして足がすくむ。

だが、身体に力が入らなくなったのは、それだけが理由ではない。

「櫂さんったら……、もうっ！」

ここにはすでにいない彼に小言を言う。

こんなふうに身体から力が抜けてしゃがみこんでしまったのは、彼からの深く情熱的なキスで身体をトロトロに蕩かされてしまったのも原因だろう。

真っ赤になって熱を持った両頬を手で隠し、羞恥に耐えながらも願うことは一つだ。

「無理しないでね、櫂さん」

彼を想い、私は小さく呟いた。

＊　＊　＊　＊

――やっぱり、か……。

もしかして、という疑いを直感で感じたときは、大抵当たりのときが多い。

今回もどうやら直感が当たったようだ。

現実を目の当たりにし、深くため息をつきたくなった。

ここは警視庁、捜査二課。

自宅に戻ったと思っていた俺が再び戻ってきたため、部下たちは驚いた様子で声をかけてくる。

ちょっと気になることがあって、そう言って先程依頼しておいた車体ナンバーに関しての資料に目を通し始めたのだが、思った通りの結果を見て頭が痛くなる。

あの車の持ち主は、西佐輪家だった。

先程、正之村家の前に車を横付けさせて中を窺っていたのは女性だ。

残念ながら顔を確認できなかったが、背格好といい雰囲気といい西佐輪温希の妻のように感じられてならない。

以前、安島家の前に黒塗りの高級車を停めて中を探られたことがある。

それには中年男性が乗っていて、瑚々のことを嗅ぎ回っていた。

そちらの車体ナンバーはわからないが、彼女たちに付き纏っている不審人物は間違いなく西佐輪家の者たちだろう。

こうなってくると、瑚々が西佐輪温希の娘なのではないかと勘づき始めたと思った方がいい。

おそらく最悪な結果になろうとしている。

これだけ西佐輪家が必死な様子で瑚々の周りに現れ始めたということは、瑚々はやはり西佐輪温希の娘で間違いはないということの裏付けなのだろう。

西佐輪家には跡取りがいない。その状況に業を煮やしていたときに見つけた、西佐輪の血を受け継ぐ娘。

喉から手が出るほど、欲しくなっているはずだ。

「厄介だな……」

ここから瑚々獲得に向けて、西佐輪家はあの手この手でアプローチしてくるだろう。

一番危惧しているのは話し合いなどではなく、力尽くで瑚々を手にしようとしてくることだ。

――そんなことは絶対にさせない……！

ギュッと拳を握りしめる。怒りを感じながら、覚悟を決めた。

俺がこれだけ怒りを見せているのは、実は瑚々の件だけのせいではないのだ。

西佐輪建設コーポレーションに関しては、瑚々の件以外にも不審な動きを見せていて数ヶ月前から警察も再調査を進めている。

だからこそ、西佐輪家の内情をすぐに把握できたと言ってもいいだろう。

その辺りの機密を千依には話すことはできなかったので、瑚々の父親の件を伝えるときはあたかも今調べたというていで話しておいたのだが……。

以前より西佐輪建設コーポレーションはきな臭いと警察内部では言われ続けていた。

しかし、証拠を見つけ出してもすぐに握りつぶされてしまう。

捜査が打ち切りとなったことは幾度もあるのだ。

現在水面下で捜査中ではあるのだけれど、贈収賄疑惑が浮上している。

代議士との癒着があるのでは、というところまで捜査は進められている状況だ。

その代議士というのが、なかなかに大物で慎重に動向を探っているところでもある。

二人はどうやら繋がりがあり、持ちつ持たれつの関係なのではないか。そんな情報をキャッチしている。

しかし、うまくやらなければ、いつまた捜査が打ち切りになるかわからない。

敵もさることながら、尻尾をなかなか出さず、もみ消す能力は天下一品だ。

だからこそ慎重に捜査を進めていたところに、瑚々の一件が浮上してきたのだが……。

どちらの案件も絶対に諦めたくないし、解決に導きたい。

それには、もう少し調査が必要だろう。

ふぅ、と重たい息を吐き出す。やはり疲れは出てしまっているようだ。

席を立ち、自販機へと足を向ける。すると、そこには現在Y市警の署長をしている兄、岳がいた。

会議か何かで警視庁にやって来ていたのだろう。

俺の顔を見ると、爽やかな笑みを浮かべて手を上げてくる。

そんな兄に先程起きたことを話すと、その穏やかな表情が曇った。

「やはり西佐輪家が瑚々ちゃんを狙っているということか……」

「そう考えて間違いないと思う」

缶コーヒーを自販機で購入し、ベンチに座りながら返事をする。

兄は「当時のことを考えていたら、つい最近思い出したんだが……」と前置きをして話し出す。

「芹奈さんは、とにかく早く恋人と別れたい様子だった。それに、会社も辞めたがっていたよ。別れたい男と顔を合わせたくないのなら当然だよねって言ったら、彼女はどこか歯切れが悪かったんだ」

「歯切れが悪かった？」

「ああ。なんだか恋人と別れたいというよりは、何か違うものに怯えていた気がする」

どういうことだろうか。問いかけたのだが、兄は首を横に振る。

「詳しくは話してくれなかった。芹奈さんは俺に負担をかけないために、情報を渡すのを拒んでいたからな」

「そうか」

安島家の姉妹は、二人とも自分のことより周りのことを優先するような女性のようだ。

そんなふうに思っていると、兄は真剣な表情で聞いてくる。

「そういえば、櫂。一つ疑問に思っていたのだが、どうして今頃になって西佐輪家が瑚々ちゃんの存在に気がついたのだろうか」

兄の言う通りだ。そこが俺も引っかかっている。

今までは特に西佐輪家からの動きはなかったはずだ。それなのに今になってなぜと思うのも至極当然だろう。

「俺にもその辺りがわからない……。ただ、西佐輪剛三は跡取りが欲しくて堪らないと周りに言っているという情報だけは手に入れている」

西佐輪家の内情を知りたくて、過去に遡っての情報を探っている。

西佐輪温希が芹奈と別れてすぐ、元大手企業の令嬢である冬子《とうこ》と結婚した。

今は業績悪化のために中堅企業という地位に下がってしまったが、元々は名の知れた大企業だった。

そのネームバリューは今も健在だと言われている。

おそらくそこに目をつけて、西佐輪剛三は息子である温希と冬子を結婚させたのだろう。

しかし子宝に恵まれず、西佐輪家の当主である剛三が不満を抱いているということも耳にしている。

「そういえば、今週末に例の代議士が支援者を集めて講演会をやるらしいな」

「ああ。その場にはたぶん西佐輪家の誰かが出席するだろう」

通常なら現場には行かないが、今日は例外だ。

そこは抜かりなく、捜査をする予定でいる。そう告げると、兄は楽しげに笑う。

「どうした？　兄さん」

「いや？　元々仕事に関してはのめり込んでいたけれど、守りたい人ができたからかな？　必死さが違うね」

揶揄われて、咄嗟に言葉が出なくなってしまった。

慌てて視線をそらしたあと「そりゃあ、そうだろう」と呟く。

「大事なんだから」

噛みしめるように言うと、兄は俺の頭に優しく触れてきた。

「素敵な女性に巡りあえてよかったな、櫂」

「うるせーよ」

恥ずかしさをごまかすように言うと、兄は「私も力になるから。いつでも言ってくれ」そう言うとその場をあとにした。

そんな兄の背中を見送ったあと、缶コーヒーを一気に飲み干す。

空き缶をゴミ箱に入れ、自身も立ち上がった。

俺には守りたいものがたくさんある。世の中の秩序、国民、そして――。

愛して止まない二人を脳裏に思い浮かべ、捜査二課へと向かった。


金曜日、夜九時。マークしている代議士が主催していた講演会が終わったようだ。

ホテルのバンケットルームからは、支援者や代議士、そして有名企業関係者などが一斉にロビーへと出て来た。

その人の波に剛三がいないか、目を皿にして見つめる。

入手した今日の出席者名簿を見る限り、息子である温希は出席していない。

その代わりに、彼の妻である冬子が剛三と共にこの会に出向いているようだ。

ロビーをたくさんの参加者たちが抜けていく。

しかし、なかなか剛三たちの姿が見えない。

ふと、ロビーの出口とは真逆の方向に視線を向ける。

すると、剛三と冬子が皆とは違う方へと歩いていくのが見えた。

遠目から見ても、剛三のかなりご立腹な様子がわかる。

その後に続く冬子の表情がとても暗く、怯えているのが伝わってきた。

人と人の合間をくぐり抜け、二人に気づかれないよう細心の注意を払いながら後を追う。

彼らの会話がかろうじて聞こえる距離まで近づくと、気配を消しながら柱の陰へと身を隠す。

彼らは人が少ない通路まで来ると、溜まりに溜まった感情を吐き出すように剛三は冬子を怒鳴りつけた。

「お前のせいで、いらぬ恥をかいたわ！　どいつもこいつも跡取り、跡取りと言いよって！　うるさくてならん！」

唾をまき散らさんばかりに、剛三は顔を真っ赤にして烈火のごとく怒りの言葉を吐き捨てる。

「冬子、お前がさっさと跡取りを作らないからだぞ！」

「も、申し訳……ありません」

萎縮して身体を縮こまらせる冬子を見て、剛三はますます怒りを増幅させていく。

怒りが収まらないのだろう。

剛三はバンと勢いよく壁を叩くと、冬子はビクッと身体を大きく震わせた。

そんな彼女の顎を掴み、剛三は目を吊り上げて言い放つ。

「子を作るか、安島芹奈の子どもを引き取ってくるか。早く決断して、どちらかを実行しろ！」

「ですが、お義父さん」

必死な形相で取り繕おうとした冬子に対し、剛三はギロリと鋭い視線で睨み付ける。

「役立たずは、西佐輪家にはいらない」

冬子が息を呑んだ。

剛三は掴んでいた顎を離すと、ブツブツと文句を言い続ける。

「まったく温希も温希だ。自分に隠し子がいることを、どうしてワシに言わなかったんだ。早くにわかっていれば、すぐに芹奈と共に西佐輪家へと迎え入れたというのに」

普通に聞けば、優しい言葉に聞こえなくもない。

だが、剛三の表情が気にかかった。

厭らしく舌なめずりをしていて、とても息子の元恋人に対してするような態度ではない気がする。

そのとき、兄が言っていたことを思い出す。

芹奈は元恋人である温希のことではなく、他の理由で早く会社を去りたがっていたようだったと言っていた。

その理由が剛三ということもあり得るのではないか。

そんなふうに考えていると、剛三は怒りにまかせて声がだんだんと大きくなっていく。

「温希に認知しろと言っても頑なに首を振らん。アイツは何を考えているんだ!」

ヒートアップしていく剛三は、再び冬子をすごい形相で睨み付けた。

「とにかく早く跡取りを作れ! さもなければ、家を追い出すぞ!」

それだけ言うと、怒りを滲ませた背中を向けて外へと向かっていく。

その後ろ姿を生気のない表情で見つめる冬子。その姿はとても痛々しく映る。

冬子の後ろ姿を見て確信する。先日、正之村家を窺っていた女性は、この冬子で間違いなさそうだ、と。

これまでのことを整理しつつ、目の前で繰り広げられた出来事を考えれば、剛三が瑚々を欲しがっていることは間違いないのだと決定づけられた。

そんな剛三に脅されているのは、声を押し殺して泣いている温希の妻である冬子だ。

彼女は剛三に指示をされ、正之村家に偵察にやって来たのだろう。

彼女は剛三に脅されてやったのだろうと推測できる。

そんなことを考えていると、冬子は剛三のあとを追うように歩き出した。

彼女の表情からは、やるせなさを感じられる。

イヤな予感が当たる前に動き出した方がいいかもしれない。

思案していると、部下からの連絡が入る。

瑚々の件と同時進行で行っている、贈収賄疑惑の捜査。そちらも佳境に入り始めていた。

「わかった。今すぐ行く」

俺はすぐさま部下の下へと急いだ。

8

「少し遅くなっちゃったな……」

保育園の最寄り駅に、ようやく辿りついた。

スマホで時間を確認すると、六時を少し回っている。

仕事上でのトラブルが退勤前に発覚。その対応に追われてしまったため、お迎えが遅くなってしまったのだ。

預かり保育の延長を頼んでおいてよかった。

ホッと胸を撫で下ろすが、瑚々には六時には迎えに行けると伝えていたので心配しているかもしれない。

急ごう。私は保育園へと続く道を、急ぎ足で進んでいく。

季節は着実に春へと向かっている。

三月に入ったばかりの今、頬を掠める風は冬の冷たさではなく、春の温かさが混じるようになってきた。

足を動かしながらも、考えるのは櫂のこと、そして瑚々を狙う人物たちのことだ。

正之村家を窺う不審人物が現れてから、櫂はますます忙しそうだ。

あの日、仕事終わりで家に戻ってきた彼は、不審人物が乗っている車が誰の物なのか。

それを調べるべく、再び警視庁へと戻っていってしまった。

そこで、その車の持ち主が判明。やはり予想通りで、西佐輪家の所有する車だったらしい。

今回のことで西佐輪家はすでに瑚々の存在を把握していること。そして、彼女を西佐輪家に引き込もうと考えていることが明らかになった。

今まではこそこそとこちらを嗅ぎ回るぐらいしかやってこなかったが、私たちが警戒し始めたことは伝わっているだろう。

となれば、堂々と真っ正面からやって来るかもしれない。

そんなふうに櫂は危惧していた。

なんでも西佐輪家の当主である剛三は、現在跡取りがいないことに苛立ちを覚えている様子だという。

そのことで、温希の妻である冬子がかなり責められているようだ。

とてもデリケートな問題にもかかわらず、そんな攻撃的に怒鳴るなんてと剛三に対して憤りを感じてしまう。

その話を聞いた私が憤慨しているのを見て、櫂は「気をつけてくれ」と忠告をしてきた。

「西佐輪剛三は、どんな手を使ってでも瑚々を我が手にしようとしてくるはずだ。何より、剛三に責め立てられている冬子が何をしでかすかわからない」

冬子の実家は中堅企業らしいのだが、西佐輪家と繋がりが絶たれたとしたらたちまち経営は立ちゆかなくなるような状況だという。

冬子の立ち位置はなかなかに厳しいもののようだ。

そんな冬子を追い詰めているのは彼女の義父である剛三なのだが、夫である温希はどう思っているのだろう。

剛三と冬子が立ち話をしているところに櫂が遭遇したようなのだが、そのときのやり取りを聞く限りでは温希は一線を引いているようで客観視している様子だったという。

跡取り問題に躍起になっているのは剛三と冬子だけで、温希は我関せずというスタンスなのだろうか。

――自分の子どもが巻き込まれそうになっているのに……。

他人事のような温希の態度に嫌悪感しかない。

櫂が立ち聞きしたときに、剛三は温希に対して「なぜ認知をしないのか」と憤っていたらしい。

ということは、温希は瑚々が自分の子どもだと認識しているということになる。

それなのに、どうして蚊帳《かや》の外でいようとするのか。

姉が別れを告げたとき、温希は姉が妊娠していたことに気がついていたのだろうか。

それも疑問である。

どのタイミングで姉が彼の子どもを妊娠したと気がついたのか。

つい最近なのか、それとももっと前なのか……。

櫂は、そのうち西佐輪家から何かしらのアプローチがあるはずだと言っていた。

まさか保育園に乗り込んで瑚々を無理矢理連れ去るなんて無謀なことはしないとは思うが、瑚々を絶対に一人きりにしていてはいけないだろう。

ようやく保育園に辿りつくと、延長保育の園児たちは部屋の中に入っていた。

瑚々も楽しそうに積み木で遊んでいる。

部屋の前までやって来ると、保育士の先生が気づいてくれた。

ガラス戸を引いて、朗らかに挨拶をしてくれる。

「安島さん、お疲れ様です」

「遅くなってしまってスミマセン。いつも本当にありがとうございます」

先生は、今日保育園であった出来事を事細かく教えてくれる。

クラスには何十人という園児がいるのに、こんなに丁寧に見てくださる先生に感謝の気持ちでいっぱいだ。

「瑚々ちゃん。お家の方がお迎えに来てくれたよ~。帰りのお支度しようか」

先生が声をかけると、瑚々は「はーい！」と手を上げて元気よく返事をした。

お友達と協力して積み木を片付ける姿を見ていると、成長したなぁと感慨深くなる。

姉にもこの姿、そして瑚々の成長を見せてあげたかった。

そう思ってしんみりしていると、帰り支度を済ませた瑚々が勢いよく抱きついてくる。

「千依ちゃーん！　お仕事お疲れ様」

「ありがとう。瑚々、今日一日楽しかった？」

「うん、すごく楽しかったよ！　今日はね、おひな様を折り紙で作ったんだよ。ほら、あれ」

瑚々が指差す方向を見る。

ロッカーの上には、色とりどりのお内裏様《だいりさま》とおひな様が飾られていた。

「すごく上手にできたじゃない」

みんな上手だけど、うちの瑚々が一番上手かも！

そんなふうに思った自分に苦笑する。完璧なる叔母バカだろう。

私に抱きついている瑚々の頭を撫でると、嬉しそうに目を細めてくる。

まだまだ親が恋しい年齢だ。西佐輪温希がどう出てくるかわからないが、瑚々には両親と呼べる人がいない。

私では物足りないかもしれないが、それでもたっぷりの愛情を注《そそ》いであげたかった。

しゃがみこんでギュッと抱きしめる。

頬と頬がくっつくほど密着すると、瑚々はキャッキャッと喜んで笑う。

ひとしきりじゃれ合って、一日離れていた寂しさを解消してエネルギーチャージをする。

そのあと保育士さんにさよならの挨拶をして、瑚々と手を繋いで保育園の門を出た。

ここから歩いて十分ほどの距離に実家があるが、そこには帰らない。

今もまだ、私たちは正之村家にお世話になっているからだ。

これから駅へと向かって電車に乗り、正之村家へと帰る。

それが、ここ最近の私たちのルーティーンだ。

義母や金之助は『瑚々の送り迎えは私がやる』と言ってくれたのだけれど、丁重にお断りした。

これ以上迷惑をかけるわけにはいかないし、その気持ちだけで十分だったからだ。

ただ、「どうしてもピンチのときはお願いしてもいいですか？」と聞いたところ、二人とも快く承諾してくれた。とても優しい人たちだ。

いずれ私はこの家の一員になる。そう思ったとき、本当に幸せを感じた。

このまま何事もなく、みんなで幸せになれるといい。心の底から思っている。

瑚々の手をギュッと握りしめ、彼女の顔を覗き込む。

「さて、瑚々。早く櫂さんの家に帰ろうか」

「うん！」

手を大きく揺らしながら、駅までの道を鼻歌交じりで歩いていく。

だが、ふと視線を感じた。

イヤな予感がして、後ろに視線をチラリと向ける。

気のせいか。一瞬ホッとした。

しかし、視界の隅に見えた黒色の高級車が気になる。

少し歩いたあと、さりげなく後方に視線を向けてみた。

すると、今もまだその黒い車が見える。

私たちとつかず離れずの距離を保っているように感じた。

――もしかして、西佐輪家の人……!?

その考えに行きついたとき、ゾクリと悪寒が走る。

思わず、瑚々の手を力強く握ってしまう。

「千依ちゃん？　どうしたの？」

足を止め、瑚々が私を見上げてくる。その綺麗な目は不安に揺れていて、ハッと我に返った。

こうしてはいられない。

「瑚々、走るよ」

「え？　千依ちゃん？」

驚いている瑚々の手を引っ張って走りだそうとしたときだ。

先程まで一定の距離を保って私たちについてきていた黒色の高級車が横付けされた。

その車から離れようとしたのだけれど、助手席から中年の男性が出てきて道を塞がれてしまう。

慌てて踵を返そうとしたが、その男性に呼び止められた。

「安島千依さんですね？」

名前を呼ばれ、反射的に身体が竦んでしまう。

その場に立ち尽くしていると、男性は名刺を差し出してくる。

「私、西佐輪建設コーポレーションで会長秘書をしております、島川《しまかわ》と申します」

名刺に手を伸ばさない私に、島川は再度差し出してくる。

仕方がなく受け取ると、彼は至極まっとうなことを言っているという顔で言ってきた。

「瑚々お嬢様をお迎えに参りました」

上から目線というか、傲慢というか……。

自分の行動は正しいと言わんばかりの態度を見せられて、眉間に力が入る。

私の機嫌が悪くなっていくのを感じ取っているようだが、それを無視して島川は話を続けていく。

「弊社社長である西佐輪温希の実子である瑚々さんには、ぜひ西佐輪の家に来ていただきたいと会長が申しております」

威圧的な雰囲気に瑚々が怯えている。

島川の視線から守るように、咄嗟に瑚々を抱きしめた。

怯える私たちのことなど気にする素振りを見せず、島川は相変わらず冷たい視線をこちらに向け続けている。

「一度DNA鑑定はしていただくつもりではいますが、瑚々さんは間違いなく西佐輪家の血を受け継いでいる方。つきましては、すぐに認知をいたしまして、西佐輪家で養育したいと考えております」

一方的に話を進める島川も気に食わないが、何よりこちらが断るなどと思っていないその態度が腹立たしい。

瑚々の顔を島川に見せないように抱き上げると、島川を睨み付けた。

「突然やって来て一方的に瑚々を渡せと言われても、そうですかと承諾するはずがありません！」

あまりの失礼さに怒りが込み上げてくる。

キュッと唇を噛みしめたあと、島川に抗議をする。

「仮に瑚々が西佐輪家の血を受け継いでいたとします。そこで認知をしたい、一緒に住みたい。そう願うのでしたら、まずは父親だと主張する人物がここに来るのが筋というものでしょう！」

きっぱりと言い切ったが、島川は感情が読めない淡々とした口調で言ってくる。

「おいくら支払えば、ご納得いただけますか？」

「は？」

「言い値をお支払いいたしましょう。ですから、考えを改めていただけませんか？」

頭に血が上った。お金で解決しようとする、その性根が気に入らない。

私は、どうしても苛立つことを抑えられなかった。

「お引き取りください。お金で解決する問題ではありません。まずは同じ土俵に上がり、そちらの誠意をお見せください。瑚々を愛してくれそうもない人になんか、絶対に私は渡さない。それは姉……安島芹奈の遺志でもありますから」

瑚々を抱き上げたまま、島川の隣を通り過ぎようとする。

すると、彼は私を試すように言ってきた。

「力尽くでも瑚々さんを連れ戻すと西佐輪は申しております。早く降参した方が身のためではないですか？」

これは紛れもなく脅迫だ。

言う通りにしないと、何かしらの不利益を被《こうむ》りますよと言いたいのだろう。

なんて卑怯なのだろうか。

唇をギュッと強く噛みしめる。怒りで身体が震えてしまった。

島川を睨み付け、私は抑えきれない感情が湧き上がってくるのを感じた。

――こんな相手には絶対に屈しない！

絶対に負けない。絶対に、絶対に瑚々は渡さない。

決意を固め、無視を決め込みながら駅へと向かって歩き出す。

しかし、そんな私たちに島川はしつこくついてくる。

「なんでも安島さんは近々結婚を控えているのでしょう？　そのときに瑚々さんはどうするおつもりですか？　瑚々さんの母親が死んでしまった今、実父の下で暮らした方が彼女のためになりませんか？」

「勝手なことを言わないでください」

これ以上、こんな話を瑚々に聞かせたくはない。

少しでも雑音が聞こえないように瑚々が着ているコートのフードを被せ、耳を塞ぐように抱きしめる。

無視を決め込むと、島川は冷たい言葉を言い放ってきた。

「結婚後は瑚々さんも一緒に住む予定みたいですが、人生は綺麗事ばかりではありませんよ？　貴女の婚約者は瑚々さんとは赤の他人なのですから」

「……っ」

「それが原因で別れを選ばなければならない。そんな未来が来るかもしれませんよ？　今一度、考え直した方がいい」

早めの決断をお待ちしております、そんな言葉を背中に投げかけられて私は歩みを止める。

ふつふつと怒りが沸き上がってきて、身体が熱を持ち始めた。

その場に立ち止まった私を見て、話を聞いてくれるつもりになったと思ったのか。

島川は声を弾ませて近寄ってきた。

「あぁ、ようやく話を聞いてくれる気になりましたか。それでしたら、今から車で西佐輪邸へ――」

「うるさい」

島川の話をぶった切るように、低い声で言う。

すると、島川は「え？」と戸惑った声を上げた。

そんな彼を無視し、腕の中にいた瑚々を下ろす。

少しだけ待っていてね、と声をかけたあと、私は振り返ると腕組みをして島川に鋭い目を向ける。

「黙っていれば、あれこれ勝手なことを言って」

「えっと……安島さん？」

島川の声が震えている。心なしか顔色も青ざめているようだ。

失礼極まりない男を前に、私は仁王立ちをする。

完全に堪忍袋の緒が切れた私は、島川をジロリと睨み付けた。

＊　＊　＊　＊

「千依、瑚々。大丈夫だったか！」

正之村家の二階の一室。

洗濯物を畳んでいると、櫂が血相を変えて飛び込んでくる。

正之村家に着いたあと、すぐさま櫂にはメッセージアプリを使って西佐輪家の秘書が接触してきたことを伝えた。

本当は電話で話したいところだったけれど、仕事中の彼を煩《わずら》わせてはいけない。

そう思って、メッセージに詳細を記載して送っておいたのだ。

そのメッセージを見た櫂は急いで仕事を終わらせ、一目散に正之村家へと戻ってきてくれたのだろう。

彼の必死な表情を見て、胸がキュンとしてしまった。

仕事が忙しいのに、同時進行で瑚々の一件に関してても彼は動いてくれている。

本当に感謝の気持ちでいっぱいだ。

洗濯物を畳む手を止めて立ち上がると、私は彼に抱きつく。

「千依？」

彼の声には戸惑いがあった。

それもそうだろう。いつもなら恥ずかしがって私から彼に抱きつくなんてことはしないからだ。

その上、ここは正之村家。彼の実家だ。

今はこの部屋に誰もいないからといって、恥ずかしがり屋の私がするには大胆な行動だろう。

櫂の体温を感じて、ようやくいつもの自分に戻った。そんな気がする。

「私も瑚々も大丈夫でしたよ」

「本当か？」

「はい。……特に危害は加えられなかったし。ただ……」

夕方に起きたあの一連の出来事を思い出すと、はらわたが煮えくり返る。

私は彼から離れたあと、正直に今の気持ちを彼に伝えた。

「腹が立った！　ものすごく腹が立ちました‼」

時間が経過し、少しは冷静になったかと思っていたが、やはり怒りは収まらない。

西佐輪家側の言い分には腹が立って仕方がなかった。

跡取りがいないから、瑚々を引き取りたい。そう考えているのが透けて見えていたからだ。

それに、代理人を立ててきたのも気に食わない。

もし、瑚々をどうしても引き取りたいというのならば、西佐輪家の者が頭を下げに来るのが筋というものだろう。

それなのに父親である西佐輪温希はもちろんのこと、彼の父親である剛三も来なかった。

部外者である剛三の秘書がやってきただけ。それも金銭で事を片付けようとしただけでなく、脅しまでしてきたのだ。それも瑚々の目の前で。

——絶対に許せない！

ギュッと拳を作って、怒りを抑えようと必死になる。

家に戻ってから瑚々に確認したが、怖い空気は感じ取っていたらしいけれど私が耳を覆ってからの会話はあまり聞き取れなかったらしい。それだけが救いだった。

ただ、島川が瑚々を狙っているということだけは伝わってしまったらしく、「私は絶対に千依ちゃんから離れないもん」と宣言をしていた。

あんな小さな子の前で話す内容ではないことは確かだ。

そういう面からしても、瑚々を大事にしてくれない人間に渡したくない。そう強く思う。

瑚々を引き取る、引き取らない。そのやり取りに関しても腹を立てている。

だが、この怒りはそれだけではないのだ。

『結婚後は瑚々さんも一緒に住む予定みたいですが、人生は綺麗事ばかりではありませんよ？　貴女の婚約者は瑚々さんとは赤の他人なのですから』

『それが原因で別れを選ばなければならない。そんな未来が来るかもしれませんよ？』

島川の言葉が今も脳裏に残っていて、それがまた私の怒りの炎に油を注いでいる。

確かに櫂と瑚々は血の繋がりもない、赤の他人だ。

うまくいかない。そんな事態になる可能性がないとは言い切れない。

櫂はそんな事態になるかもしれないという思いがありながら、それでも覚悟をして私にプロポーズしてくれたはずだ。

だからこそ、瑚々のことが心配でプロポーズの返事がなかなかできなかった私に「瑚々と家族になりたい」そう言ってくれた。

そんな櫂に、あんな酷いことを言うなんて絶対に許せない。

島川に言われたことすべてに腹が立ったと話すと、「うちの瑚々をなんだと思っているんだ！」と彼も一緒になって怒ってくれた。

そして、島川が最後に言ったあの言葉――瑚々さんと婚約者は赤の他人。それが原因で別れを選ばなければならない未来が来るかもしれない――が、また私の怒りを煽ってきたことを告げる。

すると最初こそ目を丸くして驚いていた彼だったが、すぐに優しい表情になって私を抱き寄せてきた。

「ありがとう」

「え？」

驚いて腕の中から見上げると、彼は柔らかい笑みを浮かべていた。

「俺のことを信じてくれたってことだろう？」

「もちろんですっ！」

何度も深く頷くと、櫂はヨシヨシと頭を撫でながら「でもな」と小さく呟いたあと息を吐き出す。

「その秘書の男が言ったことは、正直脳裏に過ったことがある。俺だって不安がないとは言い切れない」

「櫂さん」

「俺は瑚々の父親ではないし、血の繋がりもなければ、つい最近出会ったばかり。島川という秘書が言うように赤の他人だ。だけどな、千依」

彼は一度私を腕の中から解放し、顔を覗き込んでくる。

その真摯な目はドキッとするほど情熱的で綺麗だった。

「瑚々の家族にはなれる。俺はそう思っている」

「家族……？」

「千依だってそうだろう？　瑚々の母親は、未来永劫芹奈さんだ。千依は瑚々の叔母で家族だ。そうやって今までやってきたんだろう？」

その通りだ。目を見開いていると、彼は柔らかく目元を緩めた。

「俺は千依と瑚々の家族になりたい。そう思ってプロポーズのときに言ったんだ」

「櫂さん」

「それは瑚々だって同じ気持ちだと思うぞ？　この前、俺が保育園に迎えに行ったことがあっただろう？　そのとき――」

そう言って彼は先日の出来事を話してくれた。

瑚々と一緒に遊んでいた園児のお母さんが「瑚々ちゃんのパパ」と話しかけてきたそうだ。

それを聞いて訂正をしようとしたらしいのだけれど、瑚々がすかさずそのお母さんに言ったという。

「櫂くんは瑚々のパパじゃないよ。だけど、私の大事な家族なの！　そしてね、大事な大事な千依ちゃんの旦那さんなんだよー」

そう言ってニカッと気持ちがいいほどの笑顔で笑ったそうだ。

櫂は肩の荷が下りた気持ちになったという。

「俺もどこかで瑚々の父親にならないといけないと気を張っていたのかもしれないって、そのときに思った。でも、瑚々の話を聞いて家族にならすぐになれるって思ったんだ」

「うん……そうですよね」

「俺たちは瑚々の家族であり、たまに父親になったり、母親になったり。兄貴になったり、姉貴になったり。色んな形で接していけばいいんじゃないか？」

耀の言う通りだ。

コクコクと何度も頷くと、彼は私の肩を抱いて引き寄せてきた。

そして、優しい声で私の名前を呼ぶ。

「なぁ、千依。結婚したあともこうして悩んだり、時には喧嘩をしたりしてしまうかもしれない。それでも、俺は千依と一緒にいたいと思っている」

「耀さん」

「もちろん、瑚々も一緒だぞ」

涙が滲んできてしまった。

嬉しくて、そしてこの涙を隠したくて、彼に抱きつこうとする。

すると、部屋のドアが勢いよく開いて「瑚々も耀くんと千依ちゃんと一緒にいたい！」と言いながら瑚々が入ってきた。

あまりの驚きに身体が硬直してしまう。

耀に飛びつこうとした手の行き場に困っていると、瑚々の後に続いて好美までが部屋に入ってきた。

慌てて腕を下ろして、耀から離れる。

そんな私に好美は手を合わせて謝り出す。

「ごめんなさい、千依さん。お風呂が空いたよって伝えようと思って瑚々ちゃんと来たんだけどね。なんだか真剣に話している最中だったみたいだからあとにしようって一階に戻ろうとしていたんだけど……」

申し訳ない、と謝る好美に「大丈夫よ」と言っていると、瑚々は櫂の側へと行き、手を伸ばす。

「ねぇねぇ、櫂くん。今日の千依ちゃん、めちゃくちゃかっこよかったんだよ！」

目を輝かせている瑚々を見て、私は大いに慌てた。

瑚々が〝あのこと〟を言う前に止めようとしたのだけれど、それを櫂が阻止してくる。

瑚々を抱き上げ、楽しそうに口角を上げた。

「何があったんだ？　瑚々」

「えっとね。保育園の帰りに変なオジサンが声をかけてきたの。多分、悪者だと思う！」

自分の父親の関係者だということは、瑚々もわかっていたのだろう。

瑚々の母親である芹奈から〝瑚々を狙う人は悪者〟だという刷り込みがされている

ためそう言ったのだろうけれど、それを聞いて櫂はプッと噴き出す。

そして、瑚々に話を続けるように言った。

すると瑚々は目を輝かせて、どこか自慢げに話し出す。

「その悪者に千依ちゃんは、こんなふうにして立ち向かったの！」

瑚々は櫂に抱き上げられた状態で腰に手を置いて胸を張り、顎をしゃくり上げる。

「黙っていれば、あれこれ勝手なことを言って。こんな失礼な人たちに瑚々は渡さない。それに、私の櫂さんを侮辱しないで！　彼を貴方たちのような心ない人だと思ったら大間違いなんですからね！」

フンと鼻を鳴らすところまで、しっかりと再現してみせたのだ。

――ちょっと、瑚々ったら！

恥ずかしくて堪らない。

私は、その場から急いで逃げ出したくなった。

テレビアニメを見ていても一発で台詞を覚えてしまう瑚々だが、こんなところでもその能力を発揮してしまうなんて。

声にならない叫びを上げていると、瑚々はニカッと気持ちがいいぐらい爽やかな笑顔を櫂に向けた。

「櫂くんと瑚々、千依ちゃんにめちゃくちゃ愛されているね！」

嬉しそうな声で言う瑚々に、彼はアハハと豪快に笑ったあと瑚々を抱きしめる。

「ああ。千依にめちゃくちゃ愛されているな」

「うん！」

キャッキャッと楽しげに声を上げている二人を見て、好美はどこか悔しそうに私を見つめてくる。

「え？　好美？」

「なんかズルイ」

「え？」

「私も千依さんに愛されたいー！　そして、千依さんはやっぱり格好いいっ！」

そんなことを言って抱きついてきた。そんな好美を見て、今度は瑚々が声を上げる。

「あー！　好美ちゃん、ズルイ。千依ちゃんは、瑚々のだよ」

そう言って頬を膨らませていると、櫂は瑚々を下ろしながらニヤニヤと笑って応戦してくる。

「二人とも違う。千依は俺のだぞ？」

ギャアギャア三人で言い合っているが、その話の中心にいる私は居たたまれない。

すると、一階から義母の声が響いた。
「二階！　うるさいっ！」
四人そろって「はいっ！」と返事をして背筋を伸ばし、慌てて口を閉じる。
シーンと静まり返った部屋。
だが、それがなぜだか面白く感じてしまい、再び四人で笑い出す始末。
もちろん、また義母に叱られてしまったのだけど、泣き笑いをしてしまった。
――大丈夫。瑚々はみんなで守っていく。
櫂に好美、そして正之村家の皆に、私の母。全員が味方だ。それが心強い。
目尻に溜まっていた涙をこっそり拭おうとすると、櫂の指が優しく目元に触れてきた。
私が少し泣いてしまっていたことに気がついていたのだろう。
えへへ、と照れ隠しで笑う私の肩を抱き寄せ、「大丈夫」と声をかけてくれた。
大丈夫。あんな自分の利益しか考えていない人たちに負けたりしない。負けたくない。
コテンと彼の肩に頭を預けて、私は大きく頷いた。

9

瑚々は、すでにぐっすりと眠っている。

その穏やかな寝顔を見て、夕方の件が尾を引いてはいないのだとホッと胸を撫で下ろした。

私と櫂はリビングへと移動をし、テーブルに置いた一枚の名刺を見つめて今後のことについて話し合いをすることにした。

この名刺は今日、西佐輪剛三の秘書である島川から受け取ったものだ。

ここが西佐輪家との窓口になるのだろうとは思うけれど、私としてはあまり会いたいと思える人ではなかった。

それに、瑚々の父親であろう西佐輪温希の名前が全く出てこなかったことが気にかかる。

そのことを櫂に伝えると、彼は腕組みをして考え込んだ。

「剛三と温希の妻である冬子の会話を聞く限りでは、温希はこの件について消極的だということだけはわかっている」

「じゃあ、西佐輪温希は瑚々を引き取ろうとは思っていないということですよね？」

「剛三と冬子の会話を聞く限りでは、そんな感じだったな」

「そうですか……」

温希は何を考えているのだろう。

自分の父親と妻が瑚々を引き取りたいと動いている様子を見て、どう思っているのか。その辺りが気にかかる。それに……。

「そもそも、瑚々が西佐輪家の血筋なんだとどうしてわかったんだろう……」

姉は当時、とにかく早く会社を辞めたがっていたらしい。

櫂の兄である岳の証言があるので間違いないだろう。

温希以外の〝何か〟に怯えていたようだったと、岳は当時を振り返り言っていたと先日櫂から聞いたばかりだ。

それは、妊娠したことを西佐輪家の人間にバレたくないという一心だったのではないか。

姉はおそらく温希には妊娠のことを告げずに別れたはず。

となれば、どうやって西佐輪側は瑚々が温希と姉の子どもだと断定できたのか。

考えれば考えるほど、謎が深まるばかりである。

耀はあぐらをかいた姿勢で腕を組むと、私に真剣な眼差しを向けてきた。

「千依、俺は西佐輪温希本人に直接コンタクトを取ってみようかと思うんだが、どう思う？」

「直接ですか？」

「ああ。結局のところ、瑚々を引き取りたいと言っているのは彼の父親だ。でも、西佐輪温希が認知すると言わなければ、結局、事は進まないだろう」

「そうですよね……」

「しかし、現時点で温希は何もアクションを起こしていない。それどころかかかわらないようにしているようにも感じる」

耀の言う通りではあるのだけれど、結局私たちは一度も西佐輪家の人間に会っていない。

それなのに、こんなふうに振り回されるのは堪ったものではない。

プンプンと怒っていると、耀は「でも……」と言葉を濁す。

「あまり詳しいことは言えないのだが、すぐには西佐輪温希と対面はできないかもしれない」

「そうですか」

「なんとか、彼と話ができるようにセッティングする。だから、それまでは歯がゆい思いをさせてしまうだろうが待っていてくれないか？」

彼がこんなふうに言うのだから、きっと仕事が絡んでいるのだろう。

守秘義務があるのは承知しているので、私は大きく頷く。

「わかりました。それまでに西佐輪剛三の方からの接触がないといいんですけど」

一番心配しているのは、その点だ。彼も同意見らしく、頭を抱えた。

「本当、頭が痛いな」

「はい」

「ただ、剛三はワンマンではあるが、世間体はひどく気にする人物だ。そうそう表立った強硬手段は取ってこない。そう睨んでいる」

櫂は厳しい表情をしたまま、私にお願いをしてきた。

「千依には手間と心配をかけさせてしまって申し訳ないが、もう少しだけ待っていてくれ」

何かが動いているのだろう。そして、その案件に櫂が関わっている。

それなら彼の言葉を信じて待つだけだ。

その後の一週間、彼は仕事に忙殺されていて家に帰って来ない日々が続いた。

正之村家の皆は、さすが警察関係者だ。

当たり前の日常といった感じで、いつも通りに日々を送っていた。

しかし、やはり私は櫂のことが心配で気になってしまう。

オロオロしている私を見て、義母は優しく諭してくれた。

「櫂を心配してくれてありがとう。だけどね、千依さん。これがあの子の仕事でもあるの。心配なのは当然だけれど、あの子を信じてあげて。そうじゃないと、貴女が心労で倒れてしまうわよ」

義母だって心配なはず。それでも、それをおくびにも出さずに彼を信じて待っている。

その姿を見て、私も見習おうと決意を固めた。

——櫂さん、気をつけてね。

心の中で何度も言う。本当は電話やメッセージを送りたいところだけれど、それは止めておいた。

私が連絡をしたことにより、集中力が切れてしまったら申し訳ないからだ。

ただ祈るしかできない日々を過ごしながら、ふと西佐輪家からの接触がないことに気がつく。

――あれだけ私たちの周りをウロウロしていたのに、ピタリと収まった……？

その静寂さがより恐怖を煽ってくる。そんな気がして身震いをした。

＊＊＊

ここは都内にあるバーだ。大人の隠れ家のような空間は、静かに酒を飲むのに適している。

グラスに入った氷を揺らして、ウィスキーを味わう。

現在、このバーに客は俺一人だけだ。都合がいい。

とある人物と接触するために、このバーにやって来た。

待ち望んでいる人物は、時折この店を利用している。そんな情報を手に入れたため、俺はここ数日通っていた。

だが、まだ会いたい人物とは遭遇できていない。

焦りは禁物だ。下手に動けば、余計な人物に俺の存在を嗅ぎつけられてしまう。

それを避けるため、こうしてあの男が一人になる瞬間を心待ちにしているのだ。

ウィスキーの芳醇な香りを楽しんでいると、店のドアベルが鳴る。

振り返ると、そこにはこの数日待ち望んでいた相手、西佐輪温希が立っていた。

彼は俺の顔を見ると、小さく嘆息する。

「そろそろ現れるとは思っていたよ、正之村警視正」

淡々とした口調でそんな言葉を吐きながら、隣のスツールに腰掛けるとマスターに声をかけた。

「ウィスキーをロックで」

畏《かしこ》まりました、と静かな声で言い、マスターは背を向けて準備を始める。

その様子を見届けながら、温希は「で？」と話しかけてきた。

「君が俺に接触したがる理由はわかっているつもりだ」

「なるほど。西佐輪さんもこちらの動きを見ていた、ということですね」

温希と俺は直接的な面識はない。

それなのに俺の顔を見てすぐに名前を言い当てたところを見ると、温希の方も俺に
……いや、瑚々たちの探りを入れていた。そういうことなのだろう。

静かな店内には、マスターが氷をアイスピックで削る音がする。

そんな中、お互いを探るような空気が辺りに漂っていた。

「お待たせいたしました」

マスターが温希の前にグラスを置く。

それに口をつけて一息ついた温希は話を切り出した。

「君の婚約者、そしてその姪である子どもに関しては、私は手を出すつもりもない。安心してくれて構わない」

カランと涼しげな氷の音が響く。それほど静かな場所で、彼の言葉はとても冷淡に聞こえた。

俺もグラスに口をつけると、横に座る温希を見る。

「その割には、西佐輪家からの圧力が強い気がするが？」

本当は怒りを態度に滲ませたかった。

しかし、冷静にならなければ相手の思うつぼだろう。

交渉術としては、相手の出方をまずは見た方がいい。

単調とも挑発とも聞こえるような声色で言うと、温希はクッと笑う。

その笑い声はあざ笑うようにも聞こえて、眉を顰める。

温希はグラスを両手で持ち、ふぅと深く息を吐き出した。

「強欲な身内がいると、周りは堪ったものではないな」

先程の笑いは、温希の父である剛三に向けたものなのだろう。

彼はグラスを揺らし、揺蕩《たゆた》う氷を眺める。

そして、ようやくこちらを向いて俺を見つめてきた。

「こちらも手を打っているところだ。もう少し待っていて欲しい」

彼の身内、剛三を抑える手立てをしているということなのだろう。

そして、温希は気がついているはずだ。

警察が剛三の交友関係について、調査をしているということを。

これまでにも何度か西佐輪建設コーポレーションに警察が調査に入ることはあった。

見えぬ権力を振るわれて幾度も頓挫《とんざ》していたが、今度ばかりは逃げられない。

それを感じ取っているのだろう。

――いや、逃げないということだろうか。

彼はここで父親に引導を渡すつもりだ。だからこそ、こうして俺と対峙することを決めたのだろう。

それは会社を守るためか、それとも……。

思案していると、温希は提案をしてきた。

「君の婚約者……。安島千依さんと会わせて欲しい。そのときに、今後のことを話したいと思う」

それに、俺は難色を示した。

千依をこの件に関わらせたくはない。なるべくなら俺の力だけで解決して、彼女には憂うつな想いをさせたくはなかった。

苦渋の色を浮かべていると、「彼女はきっと今後のことを知りたがっているのではないか？」と言い出した。

温希は返事を出さない俺を見て、小さく苦笑する。

「君が婚約者を大事に思っているのは知っているが……。この件に関しては、直接会って話すべきだと思っている」

黙って耳を傾けている俺に対し、温希は真摯な目を向けてくる。

「これで最後にする。だから、一度彼女に会う機会を設けて欲しい」

無言のままでいると、温希はさらに続けた。

「彼女には聞く権利があるだろう。父のことで迷惑をかけたのは、紛れもなく彼女にだ。君ではない」

確かにその通りだろうし、千依としても直接温希に聞きたいこともあるだろう。早く解決に導きたい。そう願うのは、こちらだって同じだ。

小さく嘆息してから、温希に視線を向ける。

「彼女には俺が付き添う。それでいいな？」

伺いを立てながらも、こちらの要求を受け入れてくれない限りは場を設けない。

そんな強い意思を込めると、彼はスツールから腰を上げた。

「わかった。では、改めて連絡をする」

そう言うと、彼はバーを後にした。

その後ろ姿を見送り、俺もまた店を出て、千依たちが待っている家へと急いだ。


夜遅くに櫂がようやく自宅へ戻ってきた。

無事な姿を見て安堵をしていると、彼は「西佐輪温希とコンタクトを取ってきた」と言い出した。

どうやらここ数日帰るのが遅かったのは、温希と接触するためだったようだ。

「向こうも俺が動き出すのを待っていたようだ」

ネクタイを緩めながら、こういう展開になることを予想していたように彼は言った。

「西佐輪温希は、千依と会うことを希望している」

「私……ですか？」

「ああ。千依に直接会って、今後のことを話したいらしい」

それを聞いて、まずは戸惑う。

櫂は柔らかい表情で私を抱き寄せてきた。

「本当は会わせたくない。それが俺の本音だ」

「櫂さん」

「だが、千依は西佐輪温希に会って言いたいことも、聞きたいこともたくさんあるだろう？」

その通りだ。姉のこと、そして瑚々のこと。彼には色々聞きたいことがある。

深く頷くと、櫂は「そうだろうと思った」と苦く笑う。

「俺が千依に同伴することを条件に、向こうの願いを呑んできた。俺がずっと側にいるから、心配はいらない」

「櫂さん」

「俺が千依を絶対に守るから」

力強く言い切る櫂は、とても凛々しくて格好よかった。

彼と一緒ならば、きっと怖くはない。そう信じられる。

姉との関係や瑚々とのこと、聞きたいことはたくさんある。

温希と会えば、判明することも多々あるはずだ。

だが、一貫して決意していることは、瑚々は絶対に渡さないということだけだ。

それだけは何がなんでも譲らない。

そんな覚悟をしていると、翌日の土曜日。温希に会うことになったと櫂に言われた。

瑚々は正之村家に残り、義母と一緒にお留守番だ。

しかし、今日はいつもとは少し違う。

私の母が正之村家にやって来て、久しぶりに瑚々と過ごすからだ。

それを聞いた瑚々は飛び上がって喜び、朝からテンションが高めだった。

そんな彼女に見送られ、私たちは温希と約束をしているベイエリアにあるシティホテルへと向かう。

フロントで名前を告げると、温希がリザーブしているという部屋番号を教えてくれた。

温希は、部屋まで来て欲しいという伝言をフロントに預けていたようだ。

二人で部屋へ向かう最中、私はかなり緊張していた。

もし、瑚々のことに関して血も涙もないことを相手が言い出したら……。

私はどんなひどい態度を取ってしまうかわからない。

「千依」

私が色々な感情を抱いて葛藤しているのがわかったのだろう。

耀は、優しく包み込むように手を握ってくる。

ハッとして彼を見ると、穏やかな目で私を見下ろしていた。

大丈夫、そんなふうに目で労ってもらい、スーッと気持ちが落ち着いていくのがわかった。

ギュッと彼の手を握り返して、ほほ笑み返す。私は大丈夫だ。そう自分に言い聞かせた。

エレベーターから降りて少し歩いた先、耀の足が止まる。

温希がいるという部屋の前へと辿りついた。

部屋のドアをノックすると、返事と共に扉が開く。そこには一人の男性が立っていた。

この人が西佐輪温希──瑚々の父親なのだろうか。

「西佐輪さん、今日はよろしくお願いし──」

私が挨拶をしようとしたのだが、彼は途中で遮ってくる。

「挨拶はいい。すぐに本題に入ろう」

どうぞ、と言いながら、温希は私たちを部屋の中へと招いた。

所謂、エグゼクティブルームというやつなのだろう。

ベッドルーム以外にも部屋がいくつかあるようで、その中の一番大きな部屋に案内された。

日当たりがとてもよく、居心地のいい空間だ。

「かけてくれ」

感情の読めない口調で、温希は私たちにソファーを勧めてくる。

大きめなソファーに耀と私が座ると、ローテーブルを挟んで向こう側にある一人掛けソファーに彼は腰を下ろした。

この部屋には彼の秘書なのだろう。一人の男性がいて、コーヒーを出してくれた。

すべてサーブし終わるのを見て、温希は口を開く。

「早速だが、今日お呼びだてしたのは他でもない。私の父が迷惑をかけた。申し訳ない」

私たちに頭を下げたあと、彼は投げやりな様子で深く息を吐く。

「あなた方はお気づきだろうが、安島瑚々は私と芹奈の子どもで間違いはない」

きっぱりと言い切る温希を見て、やはりそうだったのかと改めて事実を認識する。

温希が瑚々の父親であるということは、本人の口から明かされた。

しかし、問題はこれからのことだ。

身を乗り出して彼に聞こうとすると、温希はこちらの思いを汲んだように冷淡な表情を浮かべる。

「私は彼女――安島瑚々を認知するつもりはないし、引き取るつもりもない」

突き放すような冷たい言葉だ。

彼の感情は相変わらず読めず、淡々としている。

そんな彼を見て、私は怒りに震えてしまう。

私の気持ちに真っ先に気がついたのは、櫂だった。

私の顔を覗き込みながら、落ち着けと目で伝えてくる。

だが、どうにも抑え切れずに彼に聞く。

「どうしてそんな冷たい言い方をするんですか？」

必死に感情を押し殺し、私は努めて冷静を装って聞く。

だが、温希は顔色一つ変えない。

ここで感情的になってしまっては、何も解決しないだろう。

そう自分に言い聞かせて、私がずっと疑問だったことを彼に問いかける。

「西佐輪さんは、どうして瑚々が自分の子どもだと気がついたのですか？」

今まで特に反応を見せなかった彼だが、少しだけ眉が動いた気がする。

彼をジッと観察しながら、私は続けた。

「貴方が何か動かない限り、西佐輪さんのお父様や奥様が瑚々を引き取ろうなんてしないと思うんです」

「……」

「姉は当時貴方と付き合っていたんですよね？　姉は妊娠したことを貴方に告げずに別れを選び、シングルマザーになり瑚々を育てていた。その間、貴方は姉と瑚々に接触したことはなかったはず。それなのに、どうして今になって貴方のお父様方が瑚々を引き取ろうと動き出したのか。その辺りを話してください」

彼は私を何も言わずに見つめてくる。その視線の強さに怯みそうになったが、負けたくなかった。

キュッと唇を噛みしめて真っ向から受けて立つと、彼はソッと視線をそらす。

「確かに私は当時芹奈と付き合っていたが、別れた理由などは詳しく君たちに話すつもりはない」

きっぱりと言い切る彼を見て、抗議をしたくて立ち上がろうとする。

それを櫂に引き留められた。

どうして？　と彼の目を見つめると、ゆっくりと首を横に振る。

釈然としないまま再びソファーに腰を下ろすと、温希は相変わらず感情が読めない口調で言う。

「子どものことをいつ知ったかという質問だが、別れて彼女が会社を去ってから二年後ぐらいだろうか。仕事で行った地方の都市で芹奈に会った。彼女は小さな子どもを抱っこしていて、問い詰めたら俺の子を産んだことを白状した」

結果的に姉は内緒で出産したことを温希に話していたのか。

明らかになった真実に驚きながらも、彼の話に耳を傾ける。

「そのときに芹奈と約束を交わした。万が一、芹奈がこの世を去るようなことが起きたとき、瑚々の養育費を私が一括で支払うという約束だ」

「え？」

「最後の最後まで彼女は拒否していたが、認知をしない代わりにそれぐらいはさせろと無理矢理納得させた。そのための手続きを弁護士に頼んでいたのだが……、先日父にバレてしまった」

「それで貴方のお父さんが瑚々を引き取ろうと言いだしたということですか？」

「ああ。現在、西佐輪家には子どもがいない。そして、私たち夫婦が子どもを作らない約束で結婚したことが父にバレてしまった。そこで、西佐輪の血を受け継いでいる瑚々を引き取ろうと躍起になったというわけだ」

あまりに飄々としていたので聞き逃しそうになったが、気になったワードを思わず呟いてしまった。

「子どもを作らない約束？」

「ああ。うちは所謂政略結婚だ。お互いに愛情を求めていない。家や会社のためにした結婚だ。その認識は妻も同じ。だからこそ、結婚を決めるときに二人で話し合って決めた。子どもは作らず、次の世代は血縁ではない優秀な人材に任せよう、と。家や会社のしがらみで苦しむのは私たちだけで十分だ」

「西佐輪さん」

「芹奈も冬子も被害者だ。それなのに父は……っ」

吐き捨てるように彼は言う。

先程まで淡々とした様子だった彼が一瞬だけ見せた顔。それは、切なさや悲しさで満ちている。

芹奈……。小さな声で聞き逃しそうになったが、温希は姉の名前を口にした。声は愛しさを含んだものに聞こえた気がする。

その言葉にすべての理由が詰まっている。そんな気がしたのだが……。

ふぅと小さく息を吐いたあとは、先程までの無表情な温希に戻っていた。

「私が安島瑚々を認知しない限りは、彼女は我が家の一員にはならない。心配しなくてもいい」

話は以上だ、そんなふうにこれ以上の質問は受け付けないと話を終えようとする彼に問いかけようとした。そのときだった。

コーヒーを出したあと、別室にいた彼の秘書が血相を変えて部屋へ入ってくる。

「失礼します。社長……」

彼に近づき、何かを耳打ちする。すると、急に温希の表情が険しくなった。

「何？　冬子が？」

顔を歪め、彼は私たちに頭を下げる。

「申し訳ない……。妻が正之村家に向かったようだ」

「え？」

「おそらく単独で瑚々を引き取りに向かったのだと思う」

「どうして……!?」

私が温希に食ってかかろうとすると、それを櫂が止めてくる。

「千依。今はまず家に戻ろう。瑚々たちが心配だ」
「は、はい」
私たちがソファーから立ち上がると、温希はいち早く秘書の男性に指示をした。
秘書の男性はすぐさま部屋を飛び出していく。
それを見たあと、温希は私たちに声をかけてきた。
「秘書に車を出すように指示を出した。うちの車に乗りたまえ」
そう言うと、彼も一緒に部屋を出て、一階ロビーへと向かう。
自動ドアを通り抜け、ロータリーに出ると温希の秘書が車を横づけて待っていた。
その車に乗り込み、一路正之村家へ。
道中、何度も母や義母のスマホに電話を掛けたのだが、一向に出てくれない。
つくまでの間、生きた心地がしなかった。
冬子がただ話し合いだけをしに正之村家へと向かったのならば、まだいい。
だが、必死になりすぎて思いも寄らぬことをしてしまったら……？
想像すると、居ても立ってもいられなくなってしまう。
先日、櫂が剛三と冬子が言い合っている現場に出くわしている。
そのときの冬子があまりに痛々しく見えたと彼は言っていた。

思い詰めてしまい、常識では考えも及ばぬ行動にでてしまったらどうしよう。

ガクガクと震える身体を、隣に座る權が抱きしめてくれる。

彼にしがみつきながら、涙が零れ落ちそうになってしまう。


「千依」


權は、私の手をギュッと力強く握りしめる。そんな彼の横顔も固く険しい。

彼もまた瑚々のことをものすごく心配してくれているのが伝わってくる。

お互い相手を勇気づけながら、この気の遠くなるほどの時間を耐え忍ぶ。

車は運良く渋滞に巻き込まれることなく、正之村家に辿りつくことができた。

車が停止したのを見て、私は急いでドアを開いて飛び出す。

權も私に続いて玄関へと向かって走った。

彼は玄関の鍵を解錠して引き戸を勢いよく開くと、慌てて靴を脱ぎ捨て中へと入っていく。私もそのあとを追い、客間へと向かう。

現在、この家にいるのは瑚々、權の母、そして遊びに来ているはずの私の母、この三人だ。

義母は昔警察官をしていて腕に覚えはあるだろうけれど、瑚々と母を一人で守り抜くとなると難しいかもしれない。

どうか無事でいて。祈るような気持ちで長い廊下をバタバタと音を立てながら走る。

正之村の家はとても広い。

純和風の正之村家は趣があって、どこか高級旅館のようだ。

そんなふうに常には思っていたが、今はこの広さが恨めしい。

私と櫂が客間に辿りつくと、そこでは冬子が畳に頭を擦り付けるように深く頭を下げていた。

母と義母は瑚々を守るようにしながら、冬子に対峙している。

二人の表情はとても険しく、そして瑚々は怯えた表情でこの様子を見つめていた。

瑚々は私と櫂を見つけると「千依ちゃん！　櫂くん！」とホッとしたように声を上げる。

冬子は私たちを振り返ったあと、再び頭を下げる。そして、この場にいる全員に懇願し始めた。

「どうか瑚々ちゃんを西佐輪家に迎えさせてください……っ」

悲痛な彼女の声が響き渡る。

どうやらすでに冬子からの話を母たちは聞いていたのだろう。

困惑めいた表情を浮かべながらも、どこか怯えた様子を見せている。

「何度も申し上げていますが……。瑚々はそちらに渡すつもりはございません」

「安島さん」

私たちがこの場に辿りつく前に、幾度もこのやり取りが行われていたのだろう。

母の表情には疲れが見て取れた。

母たちに言っても無理だと判断したのだろう。彼女は私の足下に正座をして、縋るように見つめてくる。

「千依さん……、どうか西佐輪に瑚々ちゃんを」

「冬子さん」

「お願いします。お願いします……っ」

涙声で訴えてくる彼女に同情はするものの、こればかりはイエスとは言えない。

私はその場にしゃがみこみ、彼女を見つめて首を横に振る。

「申し訳ありませんが、瑚々は渡せません」

「千依さん！」

絶望の色を表情に浮かべた冬子に、私はなるべく冷静になろうと努める。

「先程、西佐輪さん、ご主人とお話しさせていただきました。ご主人は瑚々を認知するつもりはないと――」

言い終える前に、彼女は私の話を断ち切るように声を上げた。

「いえ、夫はわかっていないのです。自分の子どもを引き取るのは当然なことなのに！」

冬子が叫びながら訴えたとき、車で一緒にここまでやって来た温希が庭へ回って来た。

その姿を見て、彼をそのままにして家に飛び込んでしまったことを思い出す。

温希を見ても、冬子は断固として瑚々を引き取りたいという意思を見せてきた。

そんな冬子に近づいた温希は、彼女の肩に手を置いて首を左右に振る。

「やめなさい、冬子」

「貴方！　だって……！」

彼の手を振り切って再び頭を下げようとする彼女を、温希は一喝する。

「やめないか、冬子！」

「やめないわ！　やめられないのよ……っ」

涙をボロボロと流しながら、彼女は顔をグシャグシャにして温希に食ってかかった。

「私は瑚々ちゃんを西佐輪家に迎えて養育しなければならないの……。そうしなければ、私が西佐輪にいる存在意義がなくなってしまう！　私には居場所がないのよ！」

さめざめと泣きながら、冬子が置かれている現状を話し始めた。

どうやら剛三が冬子の実家に圧力をかけ、「実家を助けたければ、早く西佐輪の跡取りを」と言い出したというのだ。

その上「役立たず」「疫病神」と罵られる毎日。彼女は追いつめられてしまっていたようだ。

なんとかしなければ実家が営んでいる会社は潰れてしまう。

それを食い止めるためには、冬子が頑張るしかない。

彼女は一人で抱え込んでしまっていたようだ。

自分は温希との子は望んでいない。お互い愛情などなく結婚をしたためだ。

しかし、実家を助けることを優先させれば、どうしても跡取りが必要となってくる。

だからこそ、瑚々の獲得に必死になっているのだ。

「いいから、帰るぞ」

冷たく言い放った温希を冬子は拒絶した。

彼女は素早く立ち上がると、母たちを押しのけて瑚々に手を伸ばしたのだ。

無理矢理瑚々を抱き上げて逃げようとする冬子を見て、声を上げる。

「瑚々!」

スーッと血の気が引いていく。

冬子がそんなことをしでかすとは思っておらず、行動が一歩遅れてしまう。

「待って！」

必死に手を伸ばそうとしたときだった。私の視界を横切る影が見える。

え、と驚いて目を見開いていると、櫂は冬子の前に立ちはだかった。

それでも強引に突破しようとする冬子に当て身をし、崩れ落ちそうになる彼女の手から瑚々を掬い上げる。

「大丈夫か、瑚々」

「うん、櫂くん……。大丈夫」

怖かったのだろう。瑚々は櫂の首にギュッと抱きついた。

そんな様子を、冬子は畳にうずくまりながら見上げている。

その表情からは感情が見えず、ただ呆然としたまま微動だにしなかった。

私はすぐさま櫂と瑚々に駆け寄り、瑚々が無事かどうかを確認する。

「瑚々……っ」

涙ながらに瑚々に触れると、瑚々も我慢していたのだろう。

クシャッと顔を歪めて「千依ちゃん……」と泣き出してしまった。

瑚々は泣きながら私に手を伸ばしてくる。その小さな手を見て、私も泣き出してしまった。

櫂は私に瑚々を託すと、未だに呆然として動けない冬子を見下ろす。

「貴女には同情するが、それでもやっていいことと悪いことがある」

毅然として言う櫂を見て、冬子は声を上げて泣き始めた。

櫂の言う通りだ。冬子の心は悲鳴を上げてしまうほど痛んでしまっていたのだろう。

そのことには同情するし、彼女の気持ちを考えると胸が苦しくなる。

だが、それでも私は彼女に言わなければならないことがあった。

瑚々を力強く抱きしめながら、私は彼女に宣言をする。

「瑚々は絶対に渡さない。私たち家族の大事な一員で宝ですから」

きっぱりと言い切ると、瑚々も泣きながら冬子に宣言をした。

「私、おばあちゃんと千依ちゃん、櫂くんと一緒にいるっ!」

「瑚々ちゃん……」

「おばちゃん、ごめんね。私は千依ちゃんたちと一緒にいたいの」

そう言うと、瑚々は声を上げて泣き出してしまった。

そんな瑚々を見て、冬子は改めて自分がしようとしていた過ちに気がついたのだろう。

彼女はその場で正座をして姿勢を正したあと、頭を下げた。

「申し訳ありませんでした。私はとんでもないことをしようとしていました。いかようにもしてください」

正之村家は警察一家だということ、そして目の前の櫂が警察官だということを重々承知していたのだろう。

誘拐と取られても仕方がない行動をした。そのことを自覚しているのだ。

彼女は瑚々の方を見て「怖がらせてごめんね。もうしないから」と泣き笑いをして言う。

冬子はこれ以上瑚々を怖がらせたくないと思ったのだろう。頑張ってほほ笑んでいるのが見て取れた。

その笑顔がとても痛々しくて、こちらの胸も痛くなる。

すると、瑚々が「下ろして、千依ちゃん」と言い出す。

驚きながらも瑚々を下ろすと、彼女は冬子の顔を覗き込んだ。

「瑚々は大丈夫。だから、もう泣かないで」

「瑚々ちゃん……っ」

「おばちゃんの方が可哀想。だから、もう泣かないでいいよ。私、許すから」

エヘンと胸を張って言うと、今度は櫂の方を振り返っておしゃまなことを言い出す。

「ってことで、櫂くん。私はおばちゃんを許しちゃいましたので、これでおしまい！」

「瑚々」

「おばちゃんは、もうこんなことしないよ」

澄んだ目をして言う瑚々に、櫂は跪いて視線を合わせる。

「瑚々は、おばちゃんを許したんだな？」

「うん。許した。だから、これで終わりだよ。あ、そうだ！」

瑚々は冬子に近づき、彼女の手をギュッと握りしめた。

そして、「仲直り」とちょっと音程の外れた歌を口ずさんだあと、再び櫂を見つめる。

「保育園の先生がね。喧嘩しても仲直りができたら、こうして握手しようって言っていたよ。瑚々とおばちゃんは握手したから仲良しだよ」

偉いでしょ、褒めて！　と言わんばかりにいい笑顔をしている。

ニッと口角を上げて自信満々にしている様子は、姉と瓜二つだ。

ふと、温希に視線を送ると、彼は瑚々を見て驚いた顔をしていた。そして、フッと強張っていた表情が緩まる。

泣いてしまうのではないか。そんな心配をしてしまうほど、彼の本心が垣間見えた。

もしかしたら、元恋人である芹奈の顔とダブって見えたのかもしれない。

瑚々の優しさに触れて、冬子は声を上げて泣き出す。

そんな彼女に寄り添う温希を見て、櫂は私に問いかけてくる。

「千依、どうする？」

「どうするも何も……。瑚々が許すって言ったんだから、許すでいいんだと思いますよ。櫂さん」

未遂で終わったことでもあるし、彼女も十分反省をしているだろう。

弁護士を通して一筆書いてもらうことは必要かもしれないが、ここは瑚々の意見を尊重した方がいい。

――瑚々のこういう男前なところ、お姉ちゃんにそっくりだな。

姉が生きていたとしても、同じように話を丸く収めてしまっただろう。姉はそういう人だった。

母も「瑚々はますます芹奈にそっくりになってきたわね」と言いながら瑚々の意見に賛成した。

温希は冬子に寄り添いながら、深々と頭を下げてくる。

「今回のこと、大変申し訳なかった。もちろん弁護士を通して、今一度謝罪をさせていただくつもりだ」

そう言ったあと、彼は瑚々に目を向ける。

ジッと見つめる彼の目は、とても優しく柔らかい。

そして、一瞬……一瞬だけ泣きそうな顔になったと思ったのだが、気のせいだろうか。

何かを言いたげな様子で、彼の唇が微かに動く。

しかし、声を発することはなかった。

気がついたときには、彼の表情はデフォルトである無表情になっていた。

温希は瑚々の下へと行きしゃがみこむと、スーツの内ポケットから名刺を取り出して瑚々に握らせた。

「私は君に対して何もできないし、できる立場にない。だが、もし……困ったことがあったら連絡してきなさい」

「わかった」

コクリと深く頷く瑚々を見て、彼は瑚々の頭に手を伸ばそうとする。

しかし、すぐに躊躇してその手を下ろした。

何かを吹っ切るように立ち上がると、冬子の身体を支えながら今一度頭を下げる。

「色々と迷惑をかけて申し訳なかった。もう二度と君たちに迷惑をかけないと約束する」

「西佐輪さん……」

「もっとも……、これから忙しくなるから、罪滅ぼしをしたくても無理だがな」

「え？」

どういう意味だろうか。首を傾げていると、温希と櫂はアイコンタクトをしている。

男二人だけでわかり合っている様子を見て、ますます疑問が深まった。

どういうことですか、と聞く前に、温希は冬子を連れて去っていく。

温希は先ほどもホテルの一室でこれまでのことを謝罪してくれた。

きっと剛三の説得もしてくれるだろうと確信していたが、その後、西佐輪家は跡取り問題どころではなくなったのを知ることになる。

西佐輪建設コーポレーションの粉飾決算、剛三の贈収賄やパワハラ、セクハラ疑惑などで世間を賑わせることになったのだ。

正之村家での一悶着のあと、温希が言っていた言葉——これから忙しくなるから

――の意味はこのことだったのかもしれない。

私たちと対面すると決めたのは、実父のスキャンダルが露見することを前もって知っていたからだったのだろうか。

世間を騒がせる前に、跡取り問題の終結をはかりたかったのかもしれない。

そこには、瑚々への愛が含まれている……？　そんなふうに思ってしまう。

西佐輪家と瑚々は無関係。それをきっちりと示しておかないと、瑚々に迷惑をかける。

だからこそ、温希はあのタイミングで動くことを決心した。

そう考えるのは私の気のせいであり、願望だろうか。

瑚々は父親にも愛されている。

そう思いたいだけなのかもしれないが、それでも温希が隠している父性の片鱗は見えた気がした。

今回の事件に関して、櫂は詳しいことは話せないと前置きをした上で、「西佐輪家の跡取り問題のことを探っていたら、色々と出てきただけ、西佐輪剛三は叩けば叩くほど埃が出る人物だということはわかっていたから」と言っていた。

守秘義務などがあるから櫂は世間に知らされている内容だけしか口にしなかったけ

れど、櫂がリークに関与していそうだ。そんな気がしている。

彼は今回のことを調べるにあたり、とある人物との接触を図っていたようだ。

姉の親友だという女性で、姉とは別の課に配属されていたという。

彼女、浜内《はまうち》はご主人の転勤でアジア圏内を転々としていて、久しぶりに日本に帰国していた。

その情報を櫂が掴んでくれたおかげで、私は浜内と会うことができたのだ。

姉が生前、自分が亡くなったあと、家族が真実を知りたがっていたら教えてあげて欲しい。

そんなことを彼女に言っていたらしく、彼女は快く当時のことを話してくれた。

しかし、彼女からの新情報を聞き、当時の姉と温希の気持ちを考えて切なくなってしまった。

姉は剛三に目をつけられていて、当時愛人にさせられそうになっていたという。

でも、姉は温希と付き合っていたし、二人は結婚も視野に入れていた。

そんなときに、妊娠が発覚。姉は途方に暮れていたという。

剛三と温希は実の親子ではあるのだが、とにかく仲が悪い。

姉が温希と結婚をする。そんなことを言ったら、どんな仕打ちを剛三が息子である温希にするのか。

想像するだけで恐ろしいと姉は怯えていたようだ。

それほど西佐輪剛三という男はワンマンで、身内だろうが、実の息子だろうが容赦ない人物だったようだ。

現在は温希の方が社内での力をつけてきているらしいのだけれど、あの当時は剛三の独り勝ち状態で誰も文句が言えない状況だったらしい。

それがわかっていたからこそ、姉は温希に妊娠のことを言えなかったようだ。

そんな経緯もあり、櫂の兄である岳に偽りの恋人役を頼み、温希と別れて会社を去った。

「これは、私の憶測ではあるのだけれど……」と前置きをしたあと、浜内はこっそり教えてくれた。

温希は姉が妊娠していることを見抜くことはできなかったみたいだけれど、会長が芹奈を愛人にしようとしていたことには気がついていたのではないか。

浜内は二人の様子を見てそう感じていたという。

温希は芹奈を心から愛していた。それなのに、芹奈が別れを切り出したからと言ってすんなり受け入れるなんてことはあり得ない。浜内は強く言った。

「社長は芹奈を守るために、わざと聞き分けのいいふりをして芹奈を逃がしたんじゃないかと思っているの」と。

温希が芹奈を引き留めて、二人が結婚をしたとする。それでも、剛三は芹奈を諦めなかっただろうと浜内は言う。

それぐらい剛三の女癖が悪いことは有名だったようだ。

だからこそ、温希は姉を守るためにわざと逃がした。

お互い愛しているからこそ、相手を慮《おもんぱか》って別れを選んだのだとしたら……。

なんて切なく悲しい結末なのだろうか。

だが、数年後。姉が瑚々を抱いているところを、温希が偶然発見することになる。

そのときの彼の気持ちはいかほどのものだったのだろう。

自分の父親である剛三は、今度は跡取りとして瑚々を狙うかもしれない。

そう考えたとき、彼はどんなふうに思ったのだろうか。

——あ、だから。絶対に認知しないって冷たく言ったのかな?

それが彼にできる最善の方法だったのかもしれない。

温希に聞いたとしても、きっと本当のことは教えてくれないだろう。

だけど、彼の瑚々を見る目がとても優しかった。

そんな彼を見て、当人同士にしかわからない愛がそこには確実にあったのではないか。そんなふうに思った。

ただ、今回わかったことはある。

見えるものだけが愛ではない。見えないところにも愛は隠れていて、愛する人を見守っている。そんな気がした。

10

三月下旬、大安吉日。式場の外は桜が満開で、祝い事の席にはピッタリの陽気だ。

私と櫂、二人で何カ所かを検討して悩みに悩み抜いて決めた式場で、今日私たちは大事な人たちの前で永遠の愛を誓う。

この控え室から桜の花を眺めることができるのだけれど、あまりの綺麗さに目を奪われる。

「千依ちゃん……すっごく綺麗。お姫様みたいっ！」

私の周りをグルグルと回って、夢見心地で頬を赤らめている瑚々に苦笑する。

私が着ているのは、背中が大きく開いた大胆なマーメイドラインのドレスだ。少し恥ずかしいが、櫂が「これがいい！」と推してくれたのでこのドレスに決めた。

でも後になって「キレイすぎるから皆に見せたくない」とだだを捏ねだしたのには困ってしまったけれど。

そのときのことを思い出しながら、瑚々に注意を促す。

「ほら、瑚々。そんなふうにしていたら、転んじゃう。瑚々だって綺麗なドレスを着ているんだよ？　汚れちゃうわ」

「そ、そっか……。そうだよね」

今日の瑚々はかわいい桃色のドレスを着ている。正統派プリンセスといった感じだ。

叔母の欲目を抜いても、めちゃくちゃかわいい。

そんな瑚々は私が窘《たしな》めると急におしとやかになり、お澄まし顔になった。

先程までの様子との差があまりにありすぎて、私は思わず噴き出して笑ってしまう。

大人しくなった瑚々を手招きすると、彼女は目を輝かせて嬉しそうに近づいてくる。

そして、私が手を差し出すとキュッと握りしめてきた。

子ども特有の体温の高さ。それがまた、私の心を落ち着かせていく。

姉が亡くなってから、私と母は幼い瑚々を目の前に途方に暮れていた。

まだ幼いのに、急に母親を亡くしてしまったのだ。

私たちも姉が亡くなって悲しくて仕方がなかった。だけど、瑚々は私たち以上に悲しみを抱いたはずだ。

亡骸に縋るように泣いていた瑚々を見て、私は誓ったのだ。

この小さな背中を、私が絶対に守ってみせる、と。

姉が亡くなって三年が経過。瑚々はもう少しで七歳になる。

この春には、ランドセルを背負って小学校に通うことになるのだ。

早三年、されど三年。長かったようで短かった三年間。

姉がいない穴を埋めるべく、私は母と協力して必死に瑚々を育ててきた。

だけど、今になって思うことは、瑚々によって私が育てられたのではないかということだ。

子どもの視線でしかわからないこと、それを瑚々に突きつけられたとき凝り固まった大人思考を改めるなんてこともしばしばあった。

きっとこれからも瑚々と一緒に生きていく上で考えさせられること、悩むこと、たくさんあるはずだ。

そのプレッシャーに最初こそ押しつぶされそうになっていた。

姉の偉大さに打ちのめされる夜も多く、私では姉の代わりは無理だと泣いた夜も実はある。

でも、それは当たり前だ。

だって、私は瑚々の母ではない。瑚々の母は、安島芹奈ただ一人なのだから。

そのことを櫂に言われたとき、心にあった重石が取り除かれた。

——全部、櫂さんのおかげだね。

一人で頑張らなくていい。彼はいつも思い悩む私にそう言い続けてくれた。彼がいたからこそ、こうして瑚々の叔母として、そして家族として胸を張ることができるようになったのだ。

瑚々の頭をゆっくりと撫でていると、彼女は扉の方を見て唇を尖らせた。

「ねぇ、千依ちゃん。櫂くん、遅いねぇ」

「そうねぇ……」

確かに遅い。私のヘアメイクなどが済んだあと、プランナーさんが「新郎様をお呼びしてきますね」と言ってこの控え室を出て行った。

あれから、すでに十五分が経過。

待てど暮らせど、櫂は姿を現さない。

どうしたのかしらね？　と瑚々と首を傾げていると、控え室の外がうるさくなった。ガヤガヤと騒がしい様子に瑚々は不審顔だ。確かに様子がおかしい。

二人で扉を凝視していると、急に扉が開いて櫂がよろけながら入ってきた。

どうやら櫂の友達たちが、彼をこの部屋に押し込んだのだろう。

パタンと扉が閉まると同時に「ようやく嫁さんところに行ったな」「ああ、手間がかかるヤツだ」などと言った声が聞こえてきた。

その言葉の意味がわからず櫂を見ると、ばつが悪そうな表情を浮かべている。

だが、すぐに一変して、彼は私を食い入るように見つめてきた。

「櫂さん……？」

声をかけたのだけれど、彼は微動だにせず強い眼差しをこちらに向け続けるのみだ。

だが、私も彼のことは言えない。だって、言葉を失ってしまったからだ。

――格好いい……！

初めて櫂と出会ったのは、好美の見合いを断りに行ったときだ。

そのときにも彼に対して、私は同じ感情を抱いたことを思い出す。

どれだけ時間が経とうとも、私は日々彼に恋をする。

それを目の当たりにして恥ずかしくなったが、それでも彼から目が離せない。

彼は今、儀礼服を着ている。

警察官が式典などのときに着る、特別な礼服だ。

彼は、いつもスーツ姿で仕事をこなしている。こうして制服を着ているのを見るのは初めてだ。

彼が凛々しいのは、いつものこと。だけれど、今の彼はいつも以上に格好いい。

ボーッと見惚れていると、コホンと小さな咳払いが聞こえる。

そこでお互いがハッと我に返り、咳払いをした主である瑚々に慌てて視線を向けた。

彼女は腰に手を置き、仕方がないわねぇといった雰囲気で部屋を出て行こうとする。

「ちょ、ちょっと！　瑚々!?」

突然どうしたというのか。

慌てて声をかけると、ピタリとその足を止めて私を振り返った。

「私、おばあちゃんたちのところに行ってくる」

「え？　もうすぐおばあちゃん、ここに来るよ。もう少し待っ――」

瑚々を引き留めようとしたのだけれど、なぜかニマニマと意味深に笑って手を振ってくる。

「大丈夫。すぐ隣におばあちゃんがいるのを知っているし」

瑚々の言う通りで、すぐ隣には親族の控え室がある。

おそらく母は、そこであちこちに挨拶をしているはずだ。

でも……、と言葉を濁す私に、瑚々はニッと口角を上げてピースサインをしてきた。

「ラブラブな二人だもん。今は二人きりになりたいよね！　ってことでバイバーイ！」

「あ、こら！　瑚々っ！」

私たちを揶揄ったあと、彼女はスキップでもしそうな足取りで部屋を出て行こうとする。

だが、一度立ち止まって扉の前で動かずに佇んでいる櫂のところへ行く。そして、彼の袖を引っ張った。

彼は驚きながらも腰を屈めると、瑚々は何かを耳打ちする。

すると、櫂の顔が赤く染まった気がした。

何を内緒話していたのだろうか。

気になって瑚々を引き留めようとしたのだけれど、瑚々は扉の前で今度は警察官のように敬礼をした。

「大丈夫。私、きちんとフラワーガールするから。安心していいよ、千依ちゃん」

それだけ言うと、瑚々は部屋を出て行ってしまった。

小さい頃からとてもおしゃまな子ではあったけれど、ますますおしゃまに磨きがかかったように思える。

もうっ、と膨れっ面をしていると、櫂が私の下へとやってきた。

だが、急に彼はその場に跪いたので驚きが隠せない。

「え？　え？」

椅子に座りながらアタフタしていると、彼は私の左手を恭しく持って見上げてくる。

「燿……さん？」

声が震えてしまう。

彼の目はとてもまっすぐで、ドキッとしてしまうほど情熱的だ。

トクトクと心臓の音が速くなっていくのを感じていると、彼は持ち上げていた私の手を優しく握りしめてきた。

「綺麗だ……。千依」

「燿さん」

「やっぱり式前に千依を見てはいけなかったな」

「どうして？」

「こんなに綺麗だと知ってしまったら誰にも見せたくなくて、千依をここから連れ出してしまいたくなるから」

真剣な口調で言われて、顔が赤くなってしまう。

まさか、それが原因でなかなか控え室にやって来なかったのだろうか。

彼に聞くと、視線を泳がせたあとに深く頷いて白状してきた。

「ああ、このことを思わず口を滑らせてアイツらに話してしまったら、無理矢理押し込められてしまった」

顔を歪めて、ここにはいない友人たちに悪態をつく。

そんな彼がかわいくて、思わず噴き出してしまった。

「笑うな、千依」

「だ、だって……。櫂さん、格好いいのに、かわいい」

「……めちゃくちゃ複雑な気持ちなんだが？」

眉尻を下げて困った表情をする彼は、やっぱり格好いいけれどかわいい。

二人でほほ笑み合っていると、控え室の扉の外からプランナーさんの「そろそろお時間です」という声が聞こえてきた。

と、同時に「今入ると絶対にチューしているから、入っちゃダメ」という瑚々の声が聞こえてくる。

「あの子ったら……！」

恥ずかしくて堪らなくなっていると、櫂は楽しげにクスクスと笑い出した。

「さすがはうちの瑚々だな」

「感心している場合じゃないですっ！」

顔を真っ赤にしてむきになって反論すると、彼はそのまま「ほら、行こう」と先程から握っていた私の左手を少しだけ引っ張る。

渋々と彼の手に掴まりながら立ち上がると、そのまま彼に手を引っ張られて腕の中へと導かれてしまう。

「か、櫂さ――」

驚いて彼を見上げると、唇に柔らかい感触がした。

目を見開いて驚くと、彼は甘く囁いてくる。

「ほら、目を瞑って――千依」

甘えるように言われて、私は自然と目を閉じた。

再び唇には彼の熱が触れ、何度もそれを繰り返す。

新郎様、新婦様。そんなプランナーの声がして、ようやく唇を離した。

彼の唇には、私がつけていた口紅が付いてしまっている。

きちんと拭き取っておかなければ、皆に何を言われるかわからない。

控え室に置いてあったティッシュを手にして彼の唇を拭いていると、櫂は楽しげに笑い出した。

「うちの瑚々は俺の性格をきちんと把握しているな」

「え?」

「さっき瑚々に〝千依ちゃんにチューしたいんでしょ?〟って言われた」

「瑚々ったら……」

さっきの内緒話はそんなことを話していたのか。

頬を赤らめていると、櫂はおどけた口調で言う。

「俺がこんなに綺麗な千依を前にして、キスを我慢できるはずがないもんな」

「……バカ」

顔を真っ赤にさせながら言っても、効果などないらしい。

彼は再びキスをしてきた。そのキスが甘くて優しくて癖になってしまいそうで……。

もっと、とお強請りをしたくなる。

「櫂さん……」

「そんな強請るような目で見るな。式なんて止めてベッドに連れ込みたくなる」

彼は私のおでこにキスをしたあと、耳元で囁いてくる。

「今夜、覚悟しておいて」

「っ」

ドキッと胸が高鳴る。小さく頷いていると、扉の向こうから声がしてきた。

「千依ちゃーん、櫂くーん。チューは神様の前でするんだよー」

そんな瑚々の声と、その声を聞いて笑う列席者たちの声が聞こえる。なんて幸せな一時《ひととき》なのだろう。

私たちは視線を絡ませてほほ笑み合った。

「神様の前で誓うことにしようか」

「そうですね」

部屋を出ると、瑚々が弾けんばかりの笑顔を向けてきた。

「ほら、行こう！　千依ちゃん、櫂くん」

その笑顔を見ていたら、ますます幸せを感じて泣きたくなってくる。

櫂は「泣くのはまだ早いぞ」と耳元で囁いたあと、瑚々を抱き上げた。

「頼むぞ、瑚々。俺のところに千依を連れてきてくれよ」

「任せてよ！　世界で一番かわいいフラワーガールになるんだからっ！」

エヘンと胸をそらしてやる気満々の瑚々と、そんな彼女を見て幸せそうに笑う櫂。

母はこちらを見て、嬉しそうに涙ぐんでいる。

みんな家族だ。これからも、ずっとずっと一緒にいよう。

「ほら、千依。おいで」

櫂は瑚々を抱っこしながら、右手を差し出してくる。

その大きくて頼もしい手に、私は手を伸ばした。

After Story

「千依ちゃん、櫂くん！　ほら、行くよ！」

安島家の玄関先から、瑚々の嬉々とした声が響いてくる。

その声を聞いて、私と櫂は目を見合わせてほほ笑み合う。

これから神社へ初詣に行こうということになったのだ。

安島家では毎年近所の神社に初詣に行くことが恒例行事となっている。

こぢんまりとしていてほとんど人がいないのだが、雰囲気のある素敵な神社なのだ。

「新年早々、元気いっぱいだな、瑚々は」

「本当」

コートを羽織りながら、窓の外を見る。昨夜降った雪が積もり、辺り一面真っ白になっていた。

太陽の光に照らされて、キラキラと眩しいほどだ。

「外、寒そうですね」

「ああ。温かくしていかないとな」。

燿はそう言うと、手にしていたマフラーを私の首に巻きだした。

「ちょっと、燿さん。私はいいですから、燿さんがマフラーをしてください」

彼の手を止めさせようとしたのだけれど、燿は有無を言わさないといった表情で首を横に振る。

「俺は丈夫だから大丈夫。千依が風邪を引いたら困るから、巻いておけ」

口元にマフラーが触れる。すると、燿が愛用しているコロンの香りがした。

彼に抱きしめられているような感じがして、ドキッとしてしまう。

恥ずかしさを紛らわすように、マフラーに触れる。

「あったかい。ありがとう、燿さん」

「どういたしまして」

私に巻き付けたマフラーの形を整えながら、腰を屈めてくる。

え、と思ったときには、掠めるような短いキスをされていた。

一瞬呆気に取られていた私だが、一気に顔が赤くなる。

「ちょっと！　燿さん。ここはリビングっ！」

リビングに続くキッチンに視線を向ける。そこでは母が鼻歌交じりで雑煮用のお出汁を取っていた。

どうやらこちらの様子には気がついていなかったらしい。

ホッと胸を撫で下ろしたあと、櫂に白い目を向ける。だが、怒られているはずの彼は怒られることも嬉しいとばかりに頬を綻ばせていた。

「ずっと千依に会えなかったんだから、許して」

「櫂さん」

「ずっと寂しかった……」

結婚してから初めて迎える年末だったのだが、櫂は相変わらず忙しくしていて家に帰って来ても寝るだけなんて日々を過ごしていた。

昨夜も大晦日だというのに呼び出しがかかり、結局夜中に帰って来る始末。

彼の言う通りで、こうして日が昇っているうちに顔を合わせるのなんて久しぶりかもしれない。

——キスしたくなるのも仕方がないかも。

私だってずっと櫂に触れて欲しかったし、キスもしたかった。ずっと寂しかった。

その気持ちは、お互い一緒だったということだ。

懇願するように見つめてくる櫂を見て、「私も寂しかった」と白状する。

すると、彼は急に私の腕を掴み、縁側へと出た。

「ここなら誰もいないだろう?」

そんなことを耳元で囁き、再びキスをしてくる。

ぬくもりを交換するような優しいキスをしたあと、おでことおでこをくっつけた。

二人だけの秘密のキス。そんな感じがして、ドキドキしてしまう。

もう一度、唇を重ねたい。そう思って唇を近づけようとした、そのときだった。

「千依ちゃん! 櫂くん! 初詣行くよ! 早く、早く~」という瑚々の声が聞こえてきた。

彼女の声は弾んでいて、待ちきれないと言わんばかりだ。

櫂と一緒に目を丸くして、フフッと噴き出した。

「うちのお姫様がお待ちだな」

「うん。早くしないと怒られちゃうかも」

手を繋いで玄関に向かうと、すでにスタンバイばっちりで時間を持て余している瑚々がいた。

玄関の上がり口に腰をかけ、足をぶらぶらとさせている。

私たちが玄関へと行くと、こちらを振り返って目をキラキラと輝かせた。

「神社に早く行こうよ! 絵馬を買いたいんだ!」

グッと拳を作って、意気揚々としている。

櫂と顔を見合わせて首を傾げていると、瑚々はニッとかわいらしく笑う。

「弟か妹が欲しいですってお願いしようと思っているの」

それを聞いてドキッとしてしまい、何も言えなくなってしまう。

じゃあ行こう！　瑚々はそう言うと、玄関の扉を開いて外に出てしまった。

瑚々に続いて外に出ようとすると、櫂が心配そうに顔を覗き込んでくる。

「どうした？　千依」

私の異変にすぐさま気がついてくれる。そういうところは、付き合っていた頃と変わらない。

ジッと彼を見つめたあと、私は幸せを噛みしめながらほほ笑む。

「櫂さん。あとで言おうと思っていたんだけどね」

「何かあったのか？」

不安そうにしている櫂に「耳を貸して」と言って手招きをする。

神妙な顔つきで腰を屈めた櫂に、私はこっそりと教えた。

「瑚々の願い。叶うかもしれないよ」

最初こそ何を言っているのか、わからない様子だった。だが、ゆっくりと目を見開いていく。

泣きそうな表情の彼を見て、私は自分のお腹を優しく撫でる。

「年末のお休みに入る前に病院へ行ってきたの。三か月だって」

幸せを噛みしめながら櫂に伝えると、彼は私のお腹に恐る恐る触れた。

彼の頬には涙が一粒落ちていく。

「嬉しい、ありがとう」と何度も泣き声で言う櫂を見ていたら、私まで泣きたくなってきてしまった。

来年のお正月には新しい家族を迎えることになるのだろう。

急に心配性になった櫂と足取り軽い瑚々と手を繋ぎ、ゆっくりと神社への道を歩いていく。

私の大好きな夫と、そして大好きな姪っ子。そして、お腹の中にいるまだ見ぬ我が子と幸せを噛みしめながら一歩一歩進んでいく。

今日も安島家、正之村家は幸せに満ちていた。

あとがき

ここまでお読みいただきまして、ありがとうございました。橘柚葉です。楽しんでいただけましたでしょうか？

姉の子どもである瑚々を育てる決意をした千依、そんな芯の強い彼女を支えたい、愛したいと思った櫂。

二人の恋愛模様あり、瑚々の父親問題や養育問題なども絡んできた今作ですが、ドキドキしながら読んでいただけましたら幸いです。

ページ数の関係などがあり芹奈と温希の恋模様を書くことができなかったのが残念でしたが、恋人時代もそして別れてからも二人は想い合っていた。それも、とても深く……。

本文にもその辺りを滲ませておりますので、読者の皆様にはそれを汲み取っていただけましたら嬉しいです。

私的に書いていて楽しかったのは、正之村家でのシーンでしょうか。

憎めないキャラの金之助じいちゃん、甘え上手の好美。そして、正之村家の陰の支配者（笑）である櫂の母。

千依たちが正之村家にお世話になるシーンがありますが、そこでのやり取りを書くのがとても楽しくて！

本当はもっと、金之助じいちゃんと櫂の母の軽快なやり取りを書きたかったです（笑）

皆様にとってのお気に入りシーンはありますか？　何か一つでも印象に残っているシーンがありましたら嬉しいです。

そして、今作に彩りと華やかさを添えてくださったのは、表紙イラストを描いてくださったまりきち先生です。

このイラストを拝見したときの私の感動といったら……！

あまりの素敵さに感激して、何度も何度も眺めてはうっとりとしていました。

櫂の儀礼服、そして千依&瑚々のドレスも最高でした。三人の表情も素敵です！

作業中、疲れたときには、先生のイラストを拝見してエネルギーチャージをしておりました。

まりきち先生、素敵なイラストを描いていただきまして本当にありがとうございました。

今作を刊行するにあたり、たくさんの皆様にご尽力いただきました。

それも創刊七周年という節目に今作をラインナップに選んでいただけて光栄でございます。

マーマレード文庫編集部様をはじめ、担当様やデザイナー様などなど……。

皆様のお力があったからこそ、こうして読者様に作品を届けることができました。お礼申し上げます。

なにより、この作品を手に取ってくださった皆様方、本当にありがとうございました。

今後も素敵な作品を届けられるように頑張りますので、よろしくお願いいたします。

また次回、何か違う作品でもお目にかかれることを楽しみにしております。

橘　柚葉

マーマレード文庫

怜悧な警視正は蕩けるほどの溺愛を婚約者に注ぐ
～ふたりで姉の忘れ形見を育てます～

2025年3月15日　第1刷発行　定価はカバーに表示してあります

著者　橘 柚葉　©YUZUHA TACHIBANA 2025
発行人　鈴木幸辰
発行所　株式会社ハーパーコリンズ・ジャパン
東京都千代田区大手町1-5-1
電話　04-2951-2000（注文）
0570-008091（読者サービス係）
印刷・製本　中央精版印刷株式会社

ISBN-978-4-596-72678-0

m a r m a l a d e b u n k o